산골 노승의 푸른 목소리

산골 노승의 푸른 목소리

자유롭고 당당하게
오늘의 주인공으로 살아가는 삶

향봉 지음

불광출판사

오직 오늘, 지금 이 순간
나만의 행복 나만의 자유를 위해

진리는 드러나 있는 것이다. 우리네 생활 주변에 물처럼 공기처럼 자갈처럼 빨래처럼 널려 있는 것이다. 다만 드러난 진리와 한몸을 이루지 못하는 것은 습관의 고리, 집착의 병을 이어 오고 있기 때문이다.

생각이 바뀌어야 운명이 바뀌고 마음이 열려야 세상이 열리기 때문이다. 부정적인 생각은 어둠을 몰고 오지만 긍정적인 자세는 빛을 불러들임도 잊지 말 일이다. 마음을 열고 보면 발길 닿는 곳이 정토(淨土)요 만나는 사람들이 부처이기 때문이다.

참으로 영험 깃든 도량은 가족이 머무는 가정이 으뜸 도량이요 기도처이다. 배우자와 아들딸이 움직이는 부처이자 보살임을 잊지 말 일이다. 미안해하고 고마워하며 감사한 마음으로 사랑하며 용서하며 살 일이다. 작은 행복을 길들이며 군불 지피며 살 일

5

이다. 있으면 있는 대로 행복하게, 없으면 없는 대로 자유롭게 살 일이다.

신앙은 사닥다리 오르듯 하여 나날이 시야를 넓혀가는 데 생명력이 있는 것이다. 영원한 오늘의 주인공으로 동서남북의 중앙에 우뚝 서 있는 인사이더의 주인공임을 잊지 말 일이다.

"두드리지 말라, 문은 항시 열린 채로 있느니라. 두드리려는 마음이 또 하나의 문을 만들 것이다. 구하지 말라, 구하지 않으면 마음이 편할 것이요 구하면 구할수록 마음은 번민에 싸여 괴로울 것이다."

글쎄, 쉽지는 않겠지만 집착과 소유욕은 마른버짐처럼 긁을수록 덧나는 이치를 눈치 빠르게 알아차려 살핌과 멈춤을 생활화하면 오죽 좋으랴. 내가 그 누구의 것이 영원히 될 수 없듯 그 누구도 나의 것이 영원히 될 수 없는 것이다.

지나간 어제의 일에 흔들리는 자는 좀팽이이고 다가올 내일의 일을 미리 앞당겨 헐떡이는 자는 머저리이다. 어제는 지나간 오늘이요 내일은 다가올 오늘이다. 오늘은 오로지 오늘뿐이다.

영원한 오늘의 주인공으로 주눅 들지 말고 기죽지 말고 나만의 행복, 나만의 자유를 위해 닫힌 문 열고 새 출발의 설렘으로 당당하고 넉넉하게 살 일이다. 너와 나, 우리 모두는….

2023년 여름
이향봉 합장

젊은 날의 어느 날,
세차게 내리는 장맛비를
실오라기 한 올 걸치지 않고
알몸으로 맞으며
엉엉 소리내며 흐느낀 추억이 있다.
무엇으로도 무슨 말로도
설명할 수 없는 젊음이
승복 안에 갇혀
답답하고 가련하여 울었던 것 같다.
이제는 머리 허연 한 마리의 짐승이 되어
봉지커피를 마시면서도
곱게 자란 행복으로 고마워하고 있다.

차
례

5장

좋은 스승
착한 벗,
참된 수행자로
산다는 것

1장

행복의 틀을 깨는 순간

행복해진다

산다는 건,
마음의 문을 여는 일

사람은 누구나 행복하길 원한다. 자유롭길 원한다. 그러나 현실은 벽이 많고 넘어야 할 장애물도 널려 있다. 타는 목마름에 물을 찾아도 드센 모래바람일 뿐, 옹달샘은 아득히 먼 곳에 신기루처럼 숨어 있다.

목마름만이 사람을 지치게 하는 게 아니다. 허기진 굶주림이 그림자처럼 끈질기게 따라온다. 벗고 또 벗어 알몸에 이르러도 삶의 비늘은 마른버짐처럼 가슴속까지 번져간다.

그럴 때일수록 다지고 채찍질하며 바벨탑을 쌓고 있지만, 마른 모래를 쥐고 있는 빈주먹처럼 허무의 그림자만 빈 가슴에 쌓이고 있다. 주위를 둘러보아도 진정한 의미의 대화자는 없고, 대화의 단절과 이해의 결핍으로 팍팍하고 고단한 삶의 지느러미가 졸아들고 있다.

17

'내가 그 누구의 것이 될 수 없듯 그 누구도 나의 것이 될 수 없다'는 것을 경험을 통해 생활의 지혜로 받아들이고 있지만, 교과서에서 배우고 익힌 지식은 삶의 현장에서는 흘러간 유행가처럼 힘을 잃고 만다. 금수저 · 흙수저는 생명의 탯줄에서부터 비롯되고, 개천에서 용(龍) 나던 시절은 이미 전설로 박제된 지 오래다.

순수하게 맑고 밝아야 할 사랑이 계산 놀이에 주눅이 들어, 직장 좋고 수입이 좋아야 총각귀신 · 처녀귀신에서 구제될 수 있다. 우정은 경쟁으로 틈이 생기고 벽이 생겨 서로가 서로를 속이는 지경에 이르고 있고, 남녀의 사랑은 돈의 두께에 따라 팝콘처럼 튀어오르며 망나니의 칼춤처럼 흔들린다. 혼자 있어도 외롭고 둘이 셋이 있어도 외롭다. 마음 나눌 벗은 소설 속에나 박혀 있고 외로움은 납덩이처럼 가슴 깊은 곳에 잠겨 있다.

자, 그대와 나, 우리 모두는 닫힌 빗장을 풀고 마음의 문을 열어 세상 안으로 나들이하며 살 일이다. 누구나 나의 벗이 되고 스승이 될 수 있게 말이다.

오늘,
지금 이 순간

순간이 영원이다. 순간이 이어져 내일과 미래와 내생을 만든다지만, 순간은 오늘 지금 이 순간뿐이다. 어찌 보면 이 순간마저 존재하는 게 아니라 변화하며 흘러가는 것이다. 지극히 짧은 한 순간도한 찰나도 머묾이 없다. 끊임없이 변화하고 변모하며, 바람처럼 아지랑이처럼 수증기처럼 다른 모양과 다른 것으로 바뀌어 가는 것이다.

그러나 '순간'에는 시간과 공간이 담겨 있다. 꿈과 희망이, 행복과 자유가 깃들어 있는 것이다. 아주 짧은 순간에도 생각의 윤회는 멈추지 않는다. 순간의 찰나지간에도 삶에서 느끼는 생로병사가 윤회하며 빛과 어둠, 우주의 빅뱅까지도 불러들이고 있다. 지옥과 극락은 기본이요 아귀와 아수라, 축생과 인간 사이를 오고 가며생각의 노예로 윤회를 거듭하고 있는 것이다. 이처럼 순간은 짧지만 길고, 모양이 없으나 팔만사천 가지 모습으로 생각의 윤회를 즐긴다.

'나'는 없으나 '나'는 있고, 머묾 없는 머묾으로 소유욕과 집착심이 흔적과 자취를 남기며 빛과 어둠 사이를 윤회하는 것이다. 어제는 이미 지나가 미련 둘 게 없고 내일은 아직 오지 않아 두려울 게 없는데도, 오늘의 주인공이 되지 못하고 변두리와 모서리에서 아웃사이더의 소외감을 느끼며 사는 것이다.

염기염멸(念起念滅)이 곧 삶과 죽음인데, 생각에 갇혀 자유인이 되지 못하고 생각의 행복을 뒤로 미룬다. 그러면서 복 짓는 불교, 내생의 왕생을 약속 받는 죽은 신앙을 즐기고 있는 것이다.

거듭 밝히지만 순간이 영원이요, 영원이 순간이다. 하나가 열이요, 열이 하나인 것이다. 그러므로 전생을 불러들이거나 내생을 끌어들이지 말 일이다.

오로지 오늘의 지금 이 순간의 주인공이 되어, 넉넉하게 당당하게 여유 있게 행복과 자유를 누리며 살 일이다.

장터
순례

재래시장은 열려 있는 진리의 세계이자 화엄의 바다이다. 재래시장 순례는 또 하나의 성지순례와 같다. 나는 장터 구경을 성지순례처럼 즐기는 편이다. 짬짬이 이곳저곳의 전통시장을 떠돌아다니는 장돌뱅이 스님이다. 장터에서 배우고 장터에서 길을 찾는다.

그곳에 가면 부끄러움과 미안함, 감사함과 고마움도 배우고 느낄 수 있다. 마음의 풍요와 넉넉함을 느낄 수 있어 더욱 좋다. 싸구려를 외쳐대는 장사꾼도 있고, 깎고 또 깎는 깍쟁이 밉상도 끼어 있다. 선글라스 장사꾼이 조끼 가득 갖가지 안경을 매달고 다니면서 물 건너온 진품이라며 떠벌려도 밉지 않다. 품바 차림의 엿장수도 가끔 만나게 되는데 그들의 거칠면서 야한 쌍소리도 풍자극의 대사처럼 거부반응 없이 들려온다.

전자제품 고친다는 돋보기 할아버지, 칼 갈아준다는 아저씨에 이르기까지 장터 사람들은 누구나 활기차고 아무나 바쁜 척하며 시간 밖으로 떠돌아다닌다. 막걸리 한 사발이면 극락이 빠르게 다가오고 짜장면 곱빼기면 배부른 풍요가 배꼽 부근에서 춤을 춘다. 장터의 저잣거리에서는 거시기한 사람들이 거시기하게 수작을 부리거나 시비를 걸어도 더운 날 닭의 호흡처럼 짧고 싱겁게 끝이 난다.

장터에서 뻥튀기는 뻥튀기 아저씨의 전유물이 아니다. 장사하는 사람들은 누구나 뻥튀기 버릇이 있다. 중국산 농산물이 곧장 한국산 토종으로 둔갑하기도 하고, 보세품이나 짝퉁이 진품이나 수입산으로, 가짜가 진짜를 주눅 들게 하는 곳도 장터만의 풍경이다. 참기름 장사 할머니는 가짜 아닌 진짜라며 목소리를 높이고 벌꿀 장사는 지리산 토종꿀이라며 양봉한 꿀을 능청 떨며 팔고 있다.

장터에서 마시는 봉지커피는 보약처럼 힘이 난다. 주머니 사정에 따라 호떡이나 짜장면으로, 콩나물국밥이나 장터국수로 민생고를 해결하는 모습도 정겨운 그림이다. 단팥죽이나 소머리국밥으로 여유를 누리는 곳이 장터만의 풍경화이다.

검정 고무신에 담긴 추억처럼 쏠쏠한 재미를 찾아 시장 뒤쪽으로 가면 동물 시장도 만나게 된다. 귀엽고 예쁜 강아지와 아기 고양이가 새 주인을 기다리며 좁은 철장에 갇혀 있는 모습은 언제 봐도 마음이 무겁고 짠하다. 준비해간 빵과 물로 강아지와 고양이의 어설픈 엄마 노릇을 하고 있지만, 좋은 인연을 만나 좋은 환경에서 별 탈 없이 자라길 염원해본다. 시장 바닥은 시끌벅적 소란스러우나, 마음은 편하고 잔잔한 기쁨으로 설렘이 가득하다. 재래시장은 또 하나의 좋은 스승이요 착한 벗이다.

행복의 틀을 깨는 순간
행복해진다

사람은 왜 사는가? 누구나 행복하기 위해 산다. 행복은 무엇인가? 행복은 자기만족이다. 만족은 어디로부터 오는가? 눈과 귀, 코와 입, 몸의 느낌으로 오는 것이다. 눈과 귀, 코와 입이 즐거운 것이 행복이다. 몸의 즐거운 느낌과 마음의 평화가 행복인 것이다.

행복에는 정해진 틀이 없고 원칙과 규범이 없다. 좋은 글을 만나 행복한 사람이 있는가 하면, 좋은 말씀을 듣게 되어 행복한 사람도 있다. 아름다운 풍광을 보게 되어 행복하고, 아름다운 선율의 음악을 듣게 되어 마음의 평화를 누릴 수 있기 때문이다.

이처럼 행복은 주관적인 느낌으로 오는 것이다. 짜장면을 맛있게 먹어서 행복하고 천하제일의 향수 냄새에 취해 행복한 사람도 있을 터이다. 부드러운 실크 스카프의 촉감으로 행복하고 첫사랑의 달콤한 고백에 마음이 녹아 행복이 온몸으로 퍼져나감도 느낄 터이다.

살펴보면 행복은 우리 몸의 오감(五感)으로 오고, 마음의 평화
와 자유를 누리는 게 행복임을 깨닫게 된다. 행복은 어느 곳에나
있고 누구나 누릴 수 있는 것이다. 한 생각만 접고 보면 불행도 곧
행복이 된다. 닫힌 문도 열고 보면 또 다른 세계가 환히 열려 있는
것이다.

지금 당장 행복한 사람이 되자. 평화와 자유를 누리는 행복 지
킴이가 되자.

빛과 어둠의
공존

하루의 절반은 낮이요 하루의 절반은 밤이다. 절반은 빛이요 절반은 어둠이다. 하루는 길면서도 짧고 짧으면서도 길다. 『법구경』에서 만날 수 있는 구절처럼, "지친 자에게 길은 멀고 잠 못 이루는 자에게 밤은 길다." 하루 또한 그렇다. 좋은 일, 반가운 얼굴이 자주 깃들면 그 하루는 빛의 하루일 터, 나쁜 일 싫은 얼굴을 자주 만나게 되면 그 하루는 어둠의 하루일 터.

　설렘과 짜증은 동전의 앞뒤와 같은 것이다. 빛에는 어둠이 담겨 있고, 어둠에는 빛이 숨어 있기 때문이다. 하루 종일 기쁜 사람, 행복한 사람은 없는 것이다. 또한 24시간 우울한 사람, 불행한 사람도 없는 것이다. 병원에 입원해 침대에 누워 지내는 환자에게도 생각은 윤회를 거듭해, 빛과 어둠 사이를 오가며 눈물방울도 만나고 개운한 기쁨도 떠올릴 수 있는 것이다.

하루에는 백 년의 세월이 담길 수도 있고, 전생과 내생이 오고 갈 수도 있다. 한 사람의 한 생애가 결정될 수도 있고, 한 사업이 문을 닫는 암흑의 시대도 몰려올 수 있다. 사람이 하루살이의 곤충은 아니지만, 하루 동안에 만나고 짝을 이루며 작별에 이를 수도 있는 것이다. 하루는 또 하나의 살아움직이는 경전이 될 수 있다. 좋은 사람과 나쁜 사람을 만나며 삶의 지혜를 배울 수 있기 때문이다. 건강을 챙길 수도 있고 건강을 잃을 수도 있다.

열린 자에게 하루는 짧고 소중할 터이다. 닫힌 자에겐 하루가 질기게도 길게 느껴질 터이다. 남녀의 데이트 시간이 짧게 느껴지는 것은 설렘에 불꽃이 당겨져 있기 때문이다. 일당 받고 땀 흘리는 노동자에겐 하루가 길게 느껴져 더디 가는 시간을 탓할 수도 있을 터이다.

하루는 길다. 하루는 짧다. 그러나 하루는 짧지도 길지도 않은 것이다. 마음 열어 빛의 충만으로 영원한 오늘의 주인공이 되어야 한다.

세상 모든 것은
지나가는 찰나일 뿐

우리는 너나 없이 날마다 첫 경험을 하며 세상을 엮어가고 있다. 세상은 한 순간도 고정된 모습을 지닐 수 없다. 1초도 같을 수 없다. 변화하고 변모하며 그 모습을 바꾸고 있는 것이다. 방금 깎아 놓은 사과의 색깔처럼 변화하며 바뀌어가고 있는 것이다.

하여, 거울에 비친 모습이 어제와 같다고 마음 편히 생각할지 모를 일이나 어제는커녕 지금의 모습도 1초 전과 다를 수 있는 것이다. 눈으로 보지 못하고 가늠할 수는 없으나, 세상의 모든 사물은 변하고 바뀌어가면서 100분의 1초도 멈추지 않는다.

우리가 강물에서 목욕할 경우 강물에 들어갈 때의 물과 강물에서 나올 때의 물은 같은 물이 아니다. 강물이 흘러가듯 우리네 모습도 강물에 뛰어들 때와 나올 때의 모습이 같을 수 없다.

육안(肉眼)으로는 살필 수 없고 알아차릴 수 없지만 내 몸의 모든 기능이 1,000분의 1초 사이에도 멈춤 없이 변화하고 변모해 가는 것이기 때문이다.

그러므로 세상에는 닮은 꼴은 있으나 똑같은 것은 없는 것이다. 책상도 침대도 냉장고와 세탁기도 아주 짧은 10,000분의 1초 동안에도 색이 바래고 기능이 삭아내리고 있는 것이다.

그렇다면 그 무엇이 영원할 수 있겠는가? 애당초 영원한 것은 없고, 없을 수밖에 없다. 인생의 삶이 허무하고 무상하다지만 눈 깜짝할 사이에도 긴 세계의 공간이 될 수 있을 터. 순간순간 변화해가고 찰나지간에도 같음을 유지할 수 없는 것이다.

개똥철학을 참 길게도 늘어놓는다고 탓할지 모르나 어제의 나는 오늘의 내가 아닌 것이다. 같은 잠자리에 들고 같은 음식을 섭취하며 같은 가족과 만남을 즐길 수 있으나, 엄밀히 살펴보면 이 세상에는 같음이 있을 수 없다. 어제의 침대가 아니요 어제의 음식물이 아니며 어제의 가족이 아닌 것이다. 알게 모르게 변화하여 10,000분의 1초 사이에도 멈춤 없이 세포는 생멸(生滅)을 거듭하며 성주괴공(成住壞空)으로 달라지고 변화하고 있는 것이다.

살펴보라. 집착의 병을 끌고 다녀도 집착은 허무의 그림자일 뿐이다. 날마다 매 순간마다 우리는 첫 경험 속에서 늙어가고 병이 들어 죽어가는 존재이다. 세상 모든 것은 지나가는 찰나일 뿐이다. 집착에서 벗어나 자유를 누리며 살아야 한다.

납작코와
오뚝코

사람은 누구나 십 년쯤 젊어지길 희망한다. 이런 얼토당토않은 바람들이 요즘은 병원에서 비싼 돈을 지불하고 주름 제거와 함께 피부 관리를 받게 된다.

하여, 피부는 탄력을 되찾게 되고 주름은 부분부분 제거되어 십 년 전 얼굴로 둔갑한다. 주근깨와 기미도 사라지게 하고 콧날도 세워주고 눈도 키워주는 또 하나의 창조주가 유명 병원에 박혀 있는 셈이다. 그들은 사람을 젊게 만들고 미인도 만드는 마력을 지닌 요술사인 셈이다.

중국에서 어떤 신랑이 지인의 소개로 예쁜 신부를 맞이하였다. 그러나 행복도 잠시, 그 예쁜 얼굴은 고치고 만들어진 미인이었다고 한다. 신부의 속임이 법원에서 인정되어 이혼하게 되었다는 웃지 못할 해프닝도 있다. 얼굴 전체를 리모델링했던 모양이다.

아무튼 요즘 미인은 타고나는 게 아니라 만들어지는 세상이다. 십 년쯤 젊어지길 바라는 사람들의 욕구는 의사들의 손끝에서 해결되고 있다. 줄기세포 기술의 발달로 언젠가는 더디 늙고 더디 죽는 수명 연장의 신화도 현실로 성큼 다가오고 있는 오늘이다.

　나는 태어날 때부터 오늘에 이르기까지 납작코를 달고 있다. 미인 창조 의술이 진작 있었으면 납작코라도 고쳐볼 걸 하는 얼토당토않은 생각을 하고 있다.

씨줄과
날줄

오 헨리의 단편 소설 〈크리스마스 선물〉은 누구나 그 내용을 알고 있을 것이다.

가난한 부부는 서로에게 크리스마스 선물을 준비한다. 남편 짐은 아내 델라에게 부모로부터 받은 시곗줄 없는 시계를 팔아 최고급 머리빗을 준비하고, 아내 델라는 풍성하면서도 아름답게 자란 긴 머리카락을 잘라 판 돈으로 남편에게 줄 예쁜 시곗줄을 마련한다. 결과는 눈물방울이 서로의 가슴을 먹먹하게 하는 것이다. 시곗줄과 머리빗은 이미 사용처를 잃어버렸지만, 남편과 아내의 영원히 타오르는 사랑은 아름다운 불길이 되어 해피 엔딩으로 마무리된다.

이런 아름다운 이야기는 우리네 생활 주변에 널려 있을 수도 있다. 물건이 아니더라도 마음을 담은 편지 한 통 혹은 몇 줄의 메모지에 남긴 글이 감격과 감동의 눈물방울을 몰고 올 수도 있기 때문이다.

어린시절 어머니는 도시락에 편지를 함께 싸주셨다. 칭찬하는 내용, 다독이는 내용, 군불 지펴주는 응원과 격려의 말들이 언제나 마음의 키를 자라게 했던 것 같다.

부부 사이에도 크리스마스가 아니더라도 선물을 주고받으며 살 일이다. 한 방에서 한 이불을 덮고 일어나더라도 편지 한 장이 따라나서면 행복할 터이다. 아이들에게도 용돈과 함께 부모의 사랑이 담긴 편지 한 장, 메모지 한 장에 적힌 몇 줄의 글이 용기와 희망의 빛이 될 수도 있다.

부부가 서로가 서로를 다독이며 군불 지피며 정으로 삶을 엮어가는 씨줄이라면, 아이는 부모의 격려와 칭찬, 사랑 속에서 키가 자라는 날줄이기 때문이다. 가정의 평화는 부부로부터 시작하여 아이로 끝맺음하는 가족공동체이기 때문이다. 마음만 열고 보면 날마다 좋은 날이 될 수도 있고 축복의 크리스마스가 될 수 있다.

자연인으로
살기

황하의 신이 북해의 신에게 묻는다.

"무엇을 자연이라 하고 무엇을 인위(人爲)라고 합니까?"

이에 북해의 신이 대답한다.

"소나 말에게 네 발이 있는 것을 자연이라 하고, 소나 말의 목에 굴레를 씌우거나 소의 코를 뚫거나 말의 입에 재갈을 물리는 것을 인위라고 하는 것일세. 그러므로 인위로서 자연을 없애려 말고 일부러 타고난 성품을 꾸미지 말며 명예와 이익을 위해 성품의 근본을 잃지 말라고 하는 것이네. 무리하지 않고 서두르지 않으며 성품 그대로 꾸밈과 조작이 없는 것을 가리켜 천진(天眞)의 모습 그대로를 무위(無爲)라 하는 것이네."

또한 장자(莊子)는 오리의 다리가 짧다고 해서 이어주거나 학의 다리가 길다고 해서 잘라주는 어리석은 사람들을 일깨워주고 있다.

뱀이 용이 될 때 그 비늘은 버리지 않고, 사람이 부처 될 때 그 얼굴은 바꾸지 않는 법이다. 본디 사람의 본 성품에는 드러내고 감추는 버릇이 숨어 있다. 꾸미고 조작하는 본성도 본능처럼 끼어 있기 마련이다

그러나 꾸밈과 조작은 생명력이 길지 않을 터, 드러내고 감춤 또한 어색한 몸짓으로 밝음과 맑음의 떳떳함은 아닐 터이다. 타고난 성품이 있는데도 거짓 울음과 거짓 웃음으로 타인들을 기만하거나 속이지 말 일이다.

오리다리가 짧은 게 걱정이 되어 이어주는 수술을 하면 오리는 천수를 누리지 못하고 죽을 것이요, 학의 다리가 긴 것이 염려되어 짧게 수술해주면 학은 하늘나라에 가서도 다리 자른 자를 원망할 터이다. 행복과 자유는 보여주는 게 아니라 누리는 것이다. 체면치레로 멍들지 말고 자연인으로 살아야 하는 이유다.

남자의 길
여자의 뜰

이 세상에 똑같은 것은 그 어디에서도 찾아볼 수 없다. 쌍둥이의 얼굴도 닮은 듯하나 다르듯이, 기계에서 빠져나온 공산품도 정확하게 같은 듯하나 엄밀하게 살펴보면 다르다.

하여, 사람의 얼굴을 끌어당겨 살펴보자. 두 개의 눈썹이 다르고 두 개의 눈, 두 개의 귀, 콧구멍 두 개가 다른 것이다. 팔다리의 길이와 굵기가 다르고 입 속에 박혀 있는 치아도 다르다. 크기, 굵기, 색깔, 부피, 무게 등 모든 것이 닮은 듯하나 엄밀히 살피면 확실하게 다른 것이다.

하물며 남자와 여자가 다른 것인데, 아내와 남편이 똑같음을 추구하면 얼마나 어설픈 얼토당토않은 일이겠는가. 이 세상에 닮은 꼴은 있을 수 있으나 똑같은 하나는 애당초 없는 것이다. 그러므로 다름을 받아들여 서로가 서로를 존중하며 이해와 배려로 감싸안고 등 다독이며 살아야 한다.

　너는 나이나 나일 수 없고, 나는 너이나 너일 수는 없는 것이다. 둘이 하나를 이루어 오순도순 살고 있지만 너는 너이고 나는 나인 것이다. 다툼과 싸움 후 멍들지 말 일이다. 여자와 남자는 인격과 권리에서는 평등하나 남자만의 길이 있고 여자만의 뜰이 있는 법이다.

　남자는 남자만의 길에서 성취감을 느끼며 자유를 꿈꾸고, 여자는 여자만의 뜰에서 햇살 같은 설렘을 느끼며 행복을 가꿀 수 있을 터이다. 골백번 강조해도 지나치지 않는 말이 역지사지(易地思之)로 입장 바꿔 상대를 이해하고 배려하며 받아들이라는 것이다. 이 세상에 똑같은 것이 있을 수 없듯, 친구끼리 동료끼리 가족끼리 부부끼리도 다름을 인정하고 받아들이며 평화롭고 행복하게 살 일이다.

더 늦기 전에
더 늙기 전에

장자(莊子)는 말한다. "무위진인(無爲眞人)이란 고삐도 채찍도 없이 드넓은 초원에서 자유로이 풀을 뜯으며 머물고 떠남을 즐기는 말의 모습"이라고.

그렇다. 수행의 완성은 무위진인에서 찾을 수 있을 것이다. 졸리면 잠자고 목마르면 물 마시는 꾸밈이 없고 조작이 없는 생활, 드러낼 일도 없고 감출 일도 없는 자연 그대로의 할 일 없는 모습이 무위진인일 터.

목마르면 물 마시고 졸리면 잠자는 일이 일상생활에서 결코 쉽지 않은 일이라는 걸 생활인은 누구나 안다. 오히려 할 일이 없으면 조급증과 안달증이 나서 오금이 저려올지도 모를 일이다. 해야 할 일이 아직 남아 있는데 지금 할 일을 뒤로 미루면, 어느 날 낙오자 대열에 끼어 후회로 남는다는 걸 미리 예견하고 있기 때문이다.

일의 즐거움, 일의 성취감이 또 다른 승리의 기쁨을 안겨주는 것도 결코 가벼운 즐거움이라 말할 수 없다. 하여, 드러내 칭찬받고 싶고 인정받고 싶은 것이다. 감추고 부끄러운 몸짓은 나만의 비밀창고에 튼튼한 자물쇠로 채워 두고 싶은 것이다. 장자의 가르침도 싫고 무위진인도 무겁게만 느껴질 터이다.

그러나 나이가 들고 철이 들게 되면 해 질 녘이 가까이 오면 올수록 무위진인을 닮고 싶어진다. 온갖 호루라기와 울타리를 멀리하고서 자연인의 자유로움을 그리워하게 되는 것이다. 고삐도 채찍도 없는 드넓은 초원이 그리워지는 것이다.

쉬고 싶을 때는 쉬고 일하고 싶을 때는 일하며 졸릴 때는 잠자고 목마를 때는 물 마시는 할 일 없는 자유인이 되고 싶은 것이다. 더 늙기 전에 건강을 챙기며 누구나 아무나 자유인이 될 일이다. 무위진인의 삶을 꿈꾸면서.

삶에 지친
그대에게

사람은 누구나 행복과 자유를 위해 삶을 엮어가지만, 살다 보면 행복도 솔솔 새어나가고 자유도 옥죄어져 덜 행복하고 덜 자유로운 목마름으로 살아간다. 다람쥐 쳇바퀴 도는 현실을 벗어나려 해도, 윤리와 도덕은 호루라기를 불어대며 가까이 있고 돈과 여유는 신기루처럼 아득히 먼 곳에 있다. 때로는 품위 유지와 체면치레를 위해 호기와 객기를 부려보지만 남는 것은 빈손의 후회뿐이다.

넉넉한 여유와 당당한 생활, 그런 행복과 그런 자유가 마르지 않는 샘물처럼 일상으로 찾아들면 더할 수 없이 좋으련만 항시 오늘은 팍팍하고 고달프다. 행복과 자유는 아지랑이처럼 어른거리다 사라진다. 타는 목마름과 겹친 배고픔이 항시 눈물방울처럼 몰려오지만 인생은 빛보다 어둠이 먼저다. 버스나 배를 타지 않고도 방안에서 멀미하고, 두 눈 뜨고 가위눌리는 세상이다.

생활의 톱니바퀴는 나를 항상 소인국으로 몰아가며 졸아들게 한다. 천국의 문은 일요일에도 열리지 않고 마음이 부처라는 메아리는 공허하기만 하다. 생활의 가뭄으로 타들어가는 것은 멍든 가슴의 답답함뿐이 아니다. 빛과 어둠이 하나라지만 빛이 없는 터널은 길기만 하다. 땀과 눈물로 채찍질하며 보다 나은 행복과 보다 트인 자유를 위해 쉼 없이 담금질하며 먼 등대의 불빛을 향해 한 걸음 한 걸음 옮기고 있지만, 현실은 언제나 뱀의 비늘처럼 징그럽고 유리 파편처럼 날카롭기만 하다.

그래도 인생이란 참고 견디며 안으로 채찍질하며 살아가는 것, 더러는 행복을 위해 때로는 자유를 위해.

행복타령

세상을 살아가다 보면 좋은 사람과 나쁜 사람이 빛과 그림자처럼 번갈아가며 찾아든다. 오죽하면 불교에서 말하는 '인생팔고(人生八苦)' 중에 사랑하는 사람과 헤어짐도 괴롭고 미운 사람을 자주 만나는 것도 괴롭다고 했을까. 그렇다면 괴로움과 미움의 반대는 즐거움이요 반가움이 될 것이다.

　세상을 살아가면서 덜 괴롭고 덜 미워하며 즐겁고 반가운 사람과의 만남이 줄지어 있으면 오죽이나 좋을까. 하지만 꿈과 현실은 어둠과 빛처럼 하늘과 땅의 차이로 벌어지기 마련이다. 고단하고 팍팍한 삶의 지느러미를 움직이며 어설픈 삶을 까불어봐도 쭉정이만을 만나야 하는 절망감, 둘레를 휘저어 봐도 손가락에 감겨오는 것은 냉랭하고 차가운 어둠줄기뿐이다.

　하여, 그들을 위해 오감(五感)을 만족시키는 행복타령을 늘어놓을까 한다. 행복은 오는 게 아니라 만들어지는 것이며 누리는 게 아니라 느끼는 것이다.

우선 두 손바닥을 활짝 펼쳐보자. 열 개의 손가락이 달아나지 않고 온전한지 그리고 손뼉을 크게 쳐보자. 그리고는 손가락을 하나에서 열까지 세어 보도록 하자. 하나에서 열을 셀 수 있다면 당신의 시력과 손가락엔 이상이 없는 거다. 손뼉을 쳤다면 두 팔이 건강하다. 그 손뼉 치는 소리를 들었다면 당신의 청력도 건강하다. 자, 이제 두 팔 활짝 벌려 두어 번 만세를 외치며 한 걸음쯤 앞으로 전진해보자. 당신은 살아 있고 정신적으로도 건강하다.

게으름은 병이다. 일어서고 볼 일이다. 주먹나팔이라도 불어대며 오늘부터 새로운 인생을 시작하자. 세상은 바야흐로 죽은 자가 아닌 산 자, 노력하는 자의 몫이기 때문이다.

하나가
둘이 될 때

짝을 이루면 소리가 난다. 홀수일 땐 외로움으로 짝수가 그립지만, 짝수가 되고 보면 불만과 권태로움이 쌓여 홀수시절이 그립다. 나는 그 누구의 것이 온전히 될 수 없으면서, 그 누군가는 영원히 입안의 혀처럼 나의 것이 되길 희망한다. 나는 자유롭길 바라면서 타인에게는 소유욕을 앞세워 울타리 안에서 길들이려는 치졸함으로 살고 있기 때문이다.

처음 하나가 둘이 될 땐 실크 스카프처럼 말과 행동이 부드럽고 보드랍다. 그러나 둘을 이루게 되면 날로 거칠어지는 피부처럼 고슴도치의 가시가 되고 하이에나의 이빨을 드러낸다. 입장 바꿔 생각하면 잠잠할 일도 덫 놓고 함정을 만들어 치졸하고 치사하게 상처받을 소리만 늘어놓는다.

그러나 한 생각만 접고 보면 나를 버릴 때 나를 찾게 된다. 존중하고 배려할 때 상대는 더욱 소중하고 돋보이게 되어 있다. 가끔씩 남자가 여자가 되고 여자가 남자가 되어 서로의 배역을 바꿔 살아봐도 좋다. 가볍고 쉽게 강 건너 불구경처럼 관심 밖에 있던 일이 서로 일을 바꿔 하다 보면 그 힘듦과 고됨을 온몸으로 알게 된다. 그 팍팍하고 고단함을 땀방울과 눈물방울로 알게 된다.

사랑은 나눌수록 키가 자라고 이해와 배려는 펼칠수록 마르지 않는 샘이 되는 것이다. 행복과 자유는 먼 곳에 있지 않다. 두 손을 잡으면 따스하게 번지는 체온처럼 가까이 눈 마주침에 있는 것이다. 은근한 눈빛을 주고받으며 설렘으로 살 일이다. 닫힌 문도 열고 보면 층층이 다른 세계가 열리듯이.

비우기
버리기
나누기

'비우기 버리기 나누기'는 불교의 수행법이다. 사람은 누구나 흔들리면서 철이 든다. 때문에 흔들림과 헐떡임은 누구나 끌고 다니는 그림자이다. 사회는 경쟁으로 치닫고 있다. 있어야 모이고 없으면 흩어지는 세상이다. 하여, 세상을 살다 보면 본능적으로 모으고 이루어야 마음이 편하다. 끌어당겨 쌓아 둬야 배가 부른 것이다.

"곳간에서 인심 난다"는 말이 있듯이 있어야 나누고 베풀 수 있기 때문이다. 지극히 옳은 말이다. 잔칫상도 거나한 차림이 사람들의 마음을 흡족하고 풍요롭게 하는 것이다. 그러나 지나침은 끝내 화(禍)를 부르며 몸과 마음에 상처를 남긴다.

사람이 사는 이유는 보다 나은 행복을 위해서다. 물질적 풍요가 행복에 이르는 지름길도 될 수 있겠지만 지나치면 정신적 빈곤도 불러들임을 잊지 말아야 한다. 더 늦기 전에 잔잔한 행복과 평화를 위해 '비우기 버리기 나누기'를 서서히 실천할 일이다.

비우면 몸과 마음이 가뿐해진다. 버리면 몸과 마음이 개운해진다. 나누면 소소한 기쁨과 평화가 깃들게 된다. 결코 쉬운 일은 아니지만 작은 일에서부터 실천하려는 의지를 키워가야 한다. 부부, 형제자매, 친구 사이에도 '비우기 버리기 나누기'는 평화와 행복, 자유를 누리게 하는 생활의 지혜이다.

아는 만큼
보이는 법

경험은 스승이다. 경험은 힘이다. 경험은 삶의 활력소이자 지혜이다. 마르지 않는 샘이자 뿌리 깊은 나무이다. 홀로 떠나는 여행만큼 좋은 스승이 없다. 혼자서 부딪치고 부대끼며 혼자만의 외로움에 흐르는 눈물은 나이와 상관없이 누구나 철들게 하는 스승이 되기 때문이다.

또한 경험은 또 하나의 채찍이자 삶의 거울이며 방향을 알리는 나침반이다. 부처는 길에서 길을 가르치며 길을 안내하는 길의 스승이다. 발길 닿는 곳이 정토임을 일깨워주며 변두리와 모서리가 없는 아웃사이더가 아니라 인사이더의 삶이 누구에게나 열려 있다고 가르치고 있다.

세상의 모든 경험은 누구에게나 아는 만큼 보이고 느끼는 만큼 채워지게 되어 있다. 평화와 행복, 자유는 구호로 도달할 수 없는 높은 산과 같다. 습관의 고리를 끊지 못하고 검은 그림자를 벗겨내지 않으면 문은 열리지 않는다. 마음을 열고 보면 기적은 곳곳에 널려 있다. 진리는 숨어 있지 않고 드러나 있기 때문이다.

신앙은 사닥다리에 오르듯 시야를 넓히는 생명력이 있다. 실천이 따르지 않는 수행은 죽은 수행이다. 수행의 목적은 사람다운 사람, 참사람임을 잊지 말아야 한다. 순수하고 진솔하게 꾸밈과 드러냄 없이 평화인, 행복인, 자유인이 되자.

나만의 길
찾기

칼질 잘하는 포정(庖丁) 한 사람이 있었다. 그의 소식을 듣고 문혜군이 불러 소를 잡게 했다. 포정은 왕이 지켜보는 앞에서 소 한 마리를 잡아 처리하는데, 그의 손놀림과 발동작 등이 매우 신속해 온몸이 마치 춤을 추고 있는 듯했다. 문혜군이 감탄하며 말하였다.

"정말 훌륭하구나, 그대의 몸동작과 칼놀림이 마치 음악에 따라 움직이는 춤사위 같았다. 무슨 비결이라도 있는가?"

포정은 칼을 놓고 말하였다.

"저는 재주를 부리며 칼질하지 않습니다. 다만 도(道)를 즐기며 온몸으로 도와 하나를 이루며 칼질을 즐깁니다. 예전 제가 소의 뼈와 살을 처음 가르던 때에는 큰 덩치의 소만 보였습니다. 그러나 3년이 지나자 소의 모습이 보이지 않게 되었습니다. 지금에 이르러서는 마음으로 소를 볼 뿐 눈으로는 소를 보질 않습니다. 감각과 분별 작용이 멈춘 상태에서 소의 몸속에 있는 길을 따라가는 것입니다. 살과 살 사이에도 길이 있고 뼈와 살 사이에도 길이 있습니다. 그 길을 따르다 보면 칼이 뼈에 부딪치는 일이 없습니다. 지금 제가 쓰고 있는 칼은 19년 사용한 칼이며 한 차례도 갈지 않고 수천 마리의 소를 처리했습니다. 도는 소의 몸속에도 있습니다."

그렇다. 문혜군이 만난 포정은 또 한 사람의 도인(道人)이었던 것이다. 뼈와 뼈 사이에도 살과 살 사이에도 힘줄과 힘줄 사이에도 칼날이 지나갈 길은 있었던 것이다. 19년 동안 숫돌에 칼날을 전혀 갈지 않고도 예리한 칼날을 지닐 수 있었던 것도 소 몸속의 무수한 길을 따라가며 칼날이 그 무엇과도 부딪치는 일이 없었던 것이다.

누구든 진리를 깨닫게 되면 포정의 칼날이 되는 것이다. 뼈와 살과 힘줄이 장애가 될 수 없다. 포정의 일이 작업이 아닌 즐기는 일이 된 것처럼, 일은 하되 일을 즐길 줄 알며 그 안에서 자유를 찾아야 한다. 그러게 머묾 없는 자유인이 되는 것이다.

부족함도 넘침도 없는
가난한 행복

비우면 개운해진다. 버리면 가벼워진다. 나누면 마음이 편해진다. 언제부터인지는 모를 일이나 챙기고 모으는 일에서 서서히 멀어지고 있었던 것 같다. 떳떳하지 않거나 당당한 일이 아니면 비켜갔고 흥정이나 거래라는 말을 멀리했다.

신도들이 오면 오는 것이요. 가면 가는 대로 자유를 먼저 챙겼다. 있으면 있는 대로 행복하고 없으면 없는 대로 자유를 즐겼다. 나의 하나뿐인 우체국 통장에는 잔고가 언제나 바닥을 기어가고 있지만 숨겨둔 비자금이 없고 노후 대비 자금 따위는 키우지도 않는다. 신도를 먹이로 삼지도 않고 신도 숫자를 늘리는 일에는 아예 관심 밖이다. 예불시간 외에 목탁 울리는 일이 없고 더러는 목탁 대신 죽비로 몇 번의 절을 하면 예불은 끝이다.

책 읽는 일로 앉아 있는 시간을 즐기며 할 일 없는 늙은이로 평화롭고 행복하게 자유를 누리며 살고 있다. 허드렛일도 찾아나서며 몸을 움직이는 부지런함은 일상의 소소한 기쁨이다. 게으름을 병으로 받아들이고 있기 때문이다.

부족하지도 넘치지도 않게 적은 것으로도 만족을 느끼며 가난한 행복을 길들이며 산다. 감출 일도 없고 드러낼 일도 없다. 복잡함을 만들지 않고 단순함을 즐기며 살고 있다. 꾸밈이 없는 적조로운 생활 그 자체가 감사함과 고마움을 몰고 온다.

딱 오늘만
생각해

의상 대사는 「법성게」에서 "하나의 티끌 속에 일체의 세상이 담겨 있고(一微塵中 含十方) 하나가 여럿이요 여럿이 하나이다(一卽一切 多卽一)"며 진리의 세계를 펼쳐 보여주고 있다. 화엄의 세계에서는 "한 터럭의 구멍 속에 구 억이나 되는 생명체가 모여 산다(一毛孔中 九億虫)"는 가르침도 박혀 있다.

　이렇듯 불교의 가르침에는 '물질이 공이 되고(色卽是空) 공이 곧 물질이 되는(空卽是色)' 현상계의 하나 됨을 일깨워준다. 지구의 나이도 창조론 쪽으로 몰아가지 않는다. 미래세계인 용화세계는 56억 7천만 년이 흘러야 생겨나는 또 다른 지구 출현을 예견하고 있다.

　과학자들은 지구를 포함해 별의 수명을 백억 년으로 추정하고 있는데 유추해보면 맞는 말이다. 우주의 빅뱅을 불교에서는 갠지스강의 모래알보다 많은 세계가 끊임없이 펼쳐짐을 2,600년 전의 석가모니 부처는 이미 꿰뚫어 알고 있었던 것이다.

그러나 부처의 가르침은 형이상학으로 치닫지 않는다. 오히려 형이하학의 땀방울 속에서, 마음을 열고 열린 진리와 한몸을 이루게 하는 가르침을 펼치고 있다. 전생과 내생에 대해서도 침묵할 뿐 부처의 가르침은 현생의 오늘, 지금 당장에 머물고 있다.

집착을 병으로 알아 마음챙김을 게으르게 하지 않으며 '비우기 버리기 나누기'를 생활화하여 바로 보고 바로 살피며 바른 생각과 바른 행위를 가르치고 있다. 오늘을 열어가는 오늘의 주인공, 삶을 행복하고 평화롭게 자유를 누릴 수 있는 바른 가르침을 펼쳐주고 있다.

날마다
좋은 날

'날마다 좋은 날'은 누구나 즐겨 쓰는 말이다. 그 어원을 살펴보면 『벽암록』 6칙에 운문 선사의 '일일시호일(日日是好日)'에서 비롯됨을 알 수 있다. 하루는 운문 선사가 대중을 향해 법문을 하면서 대중에게 묻는다.

"보름 이전에 대해서는 대중에게 묻지 않겠지만(十五日 以前 不問 汝) 보름 이후에 대해 한마디로 요약하여 일러보라(十五日 以後 道 將 一句來)."

대중이 답이 없자 운문 선사가 스스로 답하였다(自代云).

"날마다 좋은 날(日日是好日)이지."

이쯤에서 사족 같지만 가볍게 언급할 게 있다. 어떤 스님은 '지나간 허송세월에 대해서는 묻지 않겠지만 앞으로의 각오에 대해 한마디 일러보라'고 해석하는가 하면 또 어떤 스님은 일일시호

일을 날마다 생일날로 좁혀 받아들이고 있기 때문이다. 그러나 분명하고 명쾌한 것은 깨닫기 이전과 깨달은 이후를 물은 것이고, 운문 선사 스스로의 자답(自答)은 생일이 아닌 호일(好日)로 밝히고 있는 것이다. 중국에서 생일은 그대로 생일로 좋은 날은 호일로 사용하고 있다.

운문 선사는 깨닫기 이전은 관심 밖이었을 터이고 깨달은 이후의 참사람의 한마디를 듣고 싶었던 것이다. 누구나 깨달음을 성취하면 날마다 좋은 날이 되는 것이다. 사바세계가 극락정토요 발길 닿는 곳마다 세상의 중심이요 만나는 사람이 그대로 부처 아님이 없을 터이다.

마음이 열리면 세상도 열리는 법, 진리는 드러나 자갈처럼 빨래처럼 널려 있다. 빛과 어둠이 하나로 어우러져 속지도 속이지도 않는 있는 그대로 없는 그대로의 평화와 행복, 자유를 누리는 오늘의 참 주인공이 되는 것이다. 날마다 좋은 날이 되는 것이다.

2장

흐르는 물처럼

머묾 없는 바람처럼

인생은
여행처럼

세상은 길이다. 인생은 여행이다. 사람은 길 위의 나그네이다. 밤에도 길은 열려 있고 낮에도 길은 이어져 있다. 사람은 길 떠남의 나그네로 철이 든다. 삶의 의미를 되짚으며 마음의 키를 자라게 하며 철이 드는 것이다. 길에는 꽃이 있다. 자갈이 있다. 배고픔도 목마름도 길게 누워 있다. 좋은 스승, 착한 벗도 만날 수 있다.

　　길은 또 하나의 교과서이다. 경험과 체험은 산지식이 되어 밝음을 더해준다. 좌절과 고통은 장애를 물리치는 힘이 된다. 길 위에서 만남과 헤어짐이 이어지는 가운데 삶의 의미, 또 하나의 지혜를 챙기게 된다. 더러는 가슴 벅찬 설렘도 있지만 가슴 싸한 눈물방울도 만나게 된다. 길은 또 하나의 스승이요 벗이다.

　　어린 왕자가 아니더라도 별을 찾아 떠나는 여행을 즐길 수 있다. 선재동자가 아니더라도 길 떠남이 곧 진리와 스승을 찾아 떠나는 빛의 여행이 될 수도 있다. 고단함과 나른함을 그림자처럼 끌고 다녀도 여행은 새로움이다. 설렘이다. 삶의 에너지이자 활력소이다. 여행은 가난한 자를 풍요롭게 하는 마력을 지니고 있다.

삶은 물음표와 느낌표, 쉼표로 가득하다. 여행 또한 빛과 어둠, 행복과 불행, 절망과 희망이 교차하며 물음표와 느낌표, 쉼표를 끊임없이 불러들인다. 길에는 덫과 올가미가 여행자를 기다리고 있음도 살펴야 한다.

건강도 챙겨야 하지만 주변도 살펴야 하는 것이다. 세상은 길이다. 삶이란 또 하나의 여행이자 나그네이다. 여행을 준비하며 설레듯이 인생을 여행 삼아 나그네로 빛을 모으며 살아보자. 어차피 인생의 절반은 어둠, 절반은 빛이라는데.

바람이 되어
흘러가는 물이 되어

바람은 머물지 않는다. 빠르든 더디든 스쳐 지나갈 뿐이다. 바람에게는 뿌리가 없다. 날개뿐이다. 쉼 없이 어디론가 떠나가는 것이다. 바람에겐 미련도 없고 머뭇거릴 정(情)도 없는 모양이다. 가끔씩 흔적을 남기긴 하나 모양도 없이 사라져간 뒤의 일이다.

사람들 사이에서도 바람둥이라는 닉네임이 붙는 경우가 있다. 이쪽저쪽을 기웃거리며 먹을거리 사냥에 이끌려다니는 사람들이 이에 속한다. 여자든 남자든 바람둥이들은 대개가 모질지 못한 성격의 소유자들이 많다. 매섭게 마음을 다잡지 못하는 이들은 어찌 보면 바람의 본성을 흉내 내고 있는지도 모를 일이다.

흔히들 끼 있는 사람은 그 분야에서 아마추어보다 프로에 가까운 기질을 소유한 사람을 지칭하는 말일 게다. 끼는 본래 바람기, 바람기운의 준말이다. 머물러 있는 물은 썩기 쉽다. 끊임없이 흘러

가는 물이, 사람에 있어 아이디어 뱅크 역할을 담당하는 것이다.

여자에게 끼가 있다 하면 기생 기질이 있는 것으로 거북하게 받아들이겠지만 배우나 작가, 음악을 하는 사람들에게 있는 끼는 타고난 가능성의 다른 표현이다. 분명한 일은 사람에게는 누구에게나 바람의 본성이 살아 있다는 점이다. 권태와 불만은 바람의 본성으로부터 비롯된다. 사람은 끊임없이 변화를 원하고 있다. 사람에게 바람기운 '끼'가 없으면 자기발전도 창의력도 추진력도 잃게 된다. 바람처럼 어디론가 떠나고 싶은 본질적 욕구가 문명과 문화, 이데올로기의 각기 다른 꽃도 피워낼 수 있었던 것이다.

자, 그대는 끼가 있는 사람인가 아니면 끼가 없는 사람인가. 눈치 살피며 중간쯤에 어정쩡하게 서 있을 필요가 없다. 끼는 살아 있는 자의 특권이요 증명서이기 때문이다. 바람만 불어도 어디론가 떠나고 싶은 자, 당신과 나는 살아 있으므로 가능한 일이다. 털고 바람처럼 일어설 일이다. 방안에 앉아 있는 영웅보다 밖으로 나다니는 머저리의 삶이 더욱 활기차고 아름다운 법이니까.

미라클
모닝

새벽은 하루의 시작을 알리는 출발점이다. 새벽마다 설렘을 안고 자리에서 일어나는 사람은 하루의 절반을 이미 빛으로 채운 승리자이다. 잠자리에서 이불을 뭉개며 여러 번의 뒤척임에 겨우 일어나는 사람은 더딘 출발로 하루가 개운하게 열려올 리 없다. 일찍 일어난 새가 먹이도 쉽게 발견할 수 있듯 게으른 사람에게는 빛보다는 어둠이 쉽게 몰려오는 것이다.

새벽의 주인공은 하루의 주인공이 될 수 있고 열린 마음만큼 금싸라기 같은 기회와 행운이 발길 닿는 곳마다 꽃으로 피어날 수 있다. 새벽이 가뿐하면 하루가 가뿐할 터. 새벽에 일찍 일어남도 또 하나의 습관임을 명심해야 한다.

소풍 가는 날 아침에는 마음이 설레어 저절로 일찍 일어나듯, 일하는 즐거움이 새벽잠을 털어내며 가벼운 흥분으로 거뜬하게 새벽을 여는 주인공이 될 수 있다. 게으른 자는 언제나 출발이 늦어 허둥대며 챙길 것을 잊는 경우가 허다하다. 새벽에 게으름 피우며 머뭇거리며 허둥댄 자는 하루 종일 허둥대며 방향 감각을 잃을 수 있다.

세상은 준비된 자의 몫이다. 승리자는 밤을 낮처럼 밝히며 피눈물 나게 노력해온 자들이 거둔 결과물이다. 닫힌 문이 저절로 열리지 않고, 높은 고지에 쉽게 아무나 깃발을 꽂을 수 없는 것이다.

새벽마다 설렘을 안고 활기찬 모습으로 거뜬하게 일어서고 볼 일이다. 세상의 절반은 빛이요 절반은 어둠이다. 빛의 주인공이 되느냐 어둠의 낙오자가 되느냐는 이른 새벽의 출발에 달려 있다.

오늘의 주인공으로
당당하게

나는 사람들에게 즐겨 묻는다. 어제와 오늘, 내일 중 어떤 것이 중요한가? 대답은 오늘이다. 과거와 현재, 미래 중 어떤 삶이 중요한가? 정해진 대답은 현재이다. 전생과 현생, 내생 중 어떤 것이 중요한가? 망설임 없이 '현생'이라고 답한다.

이쯤에서 질문의 질을 높여 다음과 같이 묻게 된다.

'오늘, 오늘' 하는데 오늘의 시작은 어디서부터 시작이고 오늘의 끝은 어디쯤에서 막 내림을 하는 것인가? 초등학생이라면 자정을 넘긴 시간부터 자정에 이르기까지라고 답할 터이다. 맞는 답도 아니요 틀린 답도 아니다.

오늘을 시간 속에 가두어 계산함은 적당하지도 옳음도 아닐 터이다. 생각을 바꿔 접근해보면, 어제는 지나간 오늘이요 내일은 다가올 오늘이다. 그러므로 오늘은 영원의 오늘이 되는 것이다. 세월의 톱니바퀴는 어제의 것이 따로 있고 내일의 것이 따로 정해져 있는 게 아니다. 오로지 오늘만이 있을 뿐이다.

어제의 나는 오늘의 나일 수 없고 내일의 나 또한 오늘의 나일 수 없다. 물질적으로 살펴보면 머리카락과 손톱의 길이가 달라져 있을 것이요 정신적으로 점검해보면 어제는 슬펐고 오늘은 즐거울 수 있는 것이다. 뱃속에 담긴 내용물도 어제와 오늘이 다를 것이요 겉치레 몸의 치장도 다를 것이다. 같은 옷은 걸칠 수 없기 때문이다. 같은 옷이라 해도 시간의 흐름에 따라 눈에 보이지 않는 삭음과 해짐의 변화가 있기 때문이다.

내 몸속에 흐르는 피도 어제의 피와 오늘의 피는 다르다. 그렇다면 오늘의 나는 중요한 것이다. 전생이니 내생이니 따지지 말 일이다. 오늘의 주인공으로 오늘의 문을 활짝 열며 살 일이다.

움직이는 것은
아름답다

움직이는 것은 아름답다. 생명의 신비는 경이롭다. TV에서 곤충의 세계를 펼쳐보일 경우 빨려들 듯 지켜본다.

남극에 살고 있는 털북숭이 애벌레는 두 달도 못 미치는 짧은 여름 기간에 먹이를 섭취하고, 10개월 가까운 긴 겨울 동안 얼음덩이 속에서 생명을 이어간다. 생물학적으로 일체가 정지된 죽어있는 상태로 지내다 다시 얼음과 쌓인 눈이 녹으면 살아난다. 그런 상태를 7년 동안 반복한 후 고치를 짓고 나방이 되는 것이다.

화면을 설명하는 곤충학자는 영하 35도에서 70도에 이르는 혹한기 기간 동안 털북숭이 애벌레는 몸의 온갖 기능이 멈춰진 냉동 곤충으로 있다가 햇살에 의해 다시 죽음에서 부활한다는 것이었다.

매미는 7년을 나무뿌리의 흙 속에서 굼벵이로 머물다가, 나무에 기어올라 허물을 힘겹게 벗고 매미가 된다. 매미로서 일생은 보름 남짓이다.

하루살이는 물속에서 애벌레로 머물다 허물을 벗고 하늘로 날아오르는데, 하루살이의 일생은 하루뿐이다. 이 짧은 하루 사이에 사람으로 치면 유년기, 청년기, 장년기, 노년기를 다 꿈결처럼 보내며 짝짓기도 하고 알까지 남기며 생을 마감하는 것이다.

하루살이의 하루나 매미의 보름에 비하면 사람의 일생은 지겹도록 길고, 요람에서 무덤에 이르는 과정이 아득하게 느껴질 수도 있을 터이다. 한편 미국의 화이트 마운틴에는 4,000년 된 브리슬콘 소나무가 아직도 푸른 잎새를 지니고 있다고 한다.

사자암에도 수령 500년 된 느티나무가 창창하게 버티고 있다. 지구촌은 신비의 별나라이고 열린 마음으로 살펴보면 생명을 지닌 모든 것, 움직이는 것은 모두 아름다운 생멸(生滅)의 진리를 일깨워주는 교과서이자 스승인 것이다.

사랑의
기본 원칙

만남은 설렘이다. 헤어짐은 눈물방울이다. 사람은 누구나 숱한 만
남과 헤어짐 속에서 철이 들며 인생을 알아가게 된다. 만남과 헤어
짐에는 규칙도 없고 원칙도 없다. 다만 끌어당김과 밀어내기의 법
칙이 있을 뿐이다.

　일본의 어느 학자는 사랑의 본질은 '빨아들임'이라 말하고 있
다. '빨아들임'이든 '끌어당김'이든 만남은 호기심과 설렘에서 비
롯된다. 그러나 만남이 후회의 그림자로 남는 경우도 허다하다. 사
람과 사람 관계는 믿음이 바탕이 되어야 하고 날이 갈수록 신뢰가
쌓여야 사귐이 길어질 수 있다.

　그러나 시간의 흐름에 따라 숨겨둔 진실이 드러나고 말과 행
동이 순수성을 잃어 거칠어진다면 잘못된 만남으로 헤어짐의 수
순을 밟게 되는 것이다. 사람은 누구나 순수함과 진솔함을 좋아한

다. 속이려 하고 이익 챙김만을 앞세운다면 누구나 믿음을 잃어 멀어지게 되는 것이다.

물건에 색깔과 무게, 모양과 부피가 있듯 사람에게도 다양한 성격과 취미, 취향과 입맛이 다를 수 있다. 발에 맞지 않는 신발과 몸에 맞지 않는 옷은 신을 수도 입을 수도 없는 것이다. 취향이 다르고 성격이 다른데 서로 맞춰간다는 것은 거짓 위장술인 셈이다. 피곤하고 불만이 쌓여 헤어짐을 불러들일 수밖에 없다.

하여, 본인의 눈높이에 따라 색깔과 무게를 조정해야 한다. 만남이 개운했으면 헤어짐도 개운해야 하기 때문이다. 이 세상에서 가장 무서운 것은 사람이 사람을 잘못 사귄 뒤에 찾아오는 후유증이라는 걸 가슴 깊이 새길 일이다. 더불어 어둠과 빛이 둘이 아닌 하나임도 명심해야 한다.

어떻게 살아야 하는지
묻는다면

인생은 짧다. 풀 끝에 맺힌 이슬 같다. 스무 살까지는 인생이 더디 가지만 마흔을 넘기면 세월은 날아서 간다. 육체는 나날이 늙어 절반이 병이요 절반이 어둠이다. 대화 나눌 벗은 갈수록 줄고 삶의 언저리엔 달아난 어금니의 빈터 같은 외로움이 빈집의 거미줄처럼 널려 있다. 금슬 좋던 부부 사이에도 쉰내를 풍기며 마주보는 일상이 힘에 겹다. 품속에서 낳아 기른 자식들도 현찰 거래가 줄면 간격도 멀어지는 세상이다. 정신세계를 밝혀준다는 종교계의 신앙에도 돈이 신(神)이 된 지 오래이다.

　주위를 둘러보아도 마른 손아귀에 잡히는 것은 알곡 없는 검불때기의 공허로움이 마른버짐처럼 번질 뿐이다. 지지리도 복이 없는 팔자타령으로 위안을 삼으려 해도, 현실은 톡 쏘는 사이다 맛처럼 대충 눈감아주거나 넘어가는 법이 없다. 있으면 모이고 없으면 떠난다. 줄 때는 엄지척이요 필요 없을 때는 손사래 치며 멀어져간다. 장관집 개가 죽으면 문상객이 몰려오지만 정작 장관이 죽으면 문상객 대신 찬 바람이 몰아치는 이유도 여기에 있다.

혼자 있을 때는 홀수의 외로움이 지겨워 짝수를 희망하지만, 짝수가 되고 나면 벽과 틈이 생겨 삭풍이 몰아칠 수도 있을 터이다. 짧디짧은 인생길에 반려자가 있어 행복하다. 팍팍하고 고단한 길도 둘이 함께 걸으면 힘이 된다. 찬물을 마시고 살아도 가족이 힘이요 행복이요 삶의 전부인 것이다. 부부끼리 토라지고 등 돌리고 싸움이 길어질 수 있으나, 예로부터 부부싸움은 칼로 물 베기라 싱겁게 화해하고 하나가 된다.

불교의 『옥야경』에서 만나는 일곱 가지 아내처럼, 마음이 열리면 부모 같고 스승 같고 오누이 같고 친구 같은 반려자와 함께하는 것이다. 마음이 닫혀 있을 땐 원수처럼 종처럼 있으나마나 한 존재로 반려자를 가볍게 멀리하는 법이다. 아내와 남편은 같은 사람인데, 마음의 변화에 의해 일곱 가지 아내 일곱 가지 남편으로 분별하는 분별심을 경계할 일이다. 부부 인연 자식 인연은 하늘이 정해준 소중한 인연으로 천륜(天倫)이라 하지 않던가. 말 한마디 행동 한 점에도 마음을 담아 천 번이라도 용서하고 만 번이라도 사랑하며 받아들이는 자비로 살 일이다.

삶의
쉼표

삶의 절반은 빛이요 절반은 어둠이다. 빛만큼 행복하고 어둠만큼 불행했으면 절반의 수확은 거둔 셈이다. 그러나 행복은 빨리 지나가고 불행은 더디게 지나간다. 삶이 행복하고 풍요와 자유를 누리면 좋으련만, 삶은 언제나 고단하고 팍팍한 그림자로 타는 목마름을 더해준다. 성경에 나오는 구절처럼 두드리면 열리고 구하면 얻을 수 있으면 좋을 텐데, 불만과 권태는 마른버짐처럼 번져가고 헐떡임과 흔들림은 잘라내도 다시 자라는 손톱 같다. 뜻대로 이루어지는 일은 키가 자랄수록 졸아들고 나이테 주변에 몰리는 것은 외로움과 쓸쓸함, 절대 고독이 어둠처럼 깔려 있다.

　　새벽마다 설렘으로 잠자리에서 일어나고 싶지만 다람쥐 쳇바퀴 도는 듯한 변화 없는 삶이 무기력하게 게으름과 타협한다. 뜻이 있는 곳에 길이 있다지만 큰 길은 보이지 않고 진흙탕 길에 가시밭

길이다. 사람은 누구나 돈과 명예를 앞세우며 다툼과 싸움을 마다하지 않는다. 그렇게 돈을 좇다 소중한 건강을 잃는다. 건강을 잃으면 명예도 사랑도 사라지는 법이다. 그런데도 돈 때문에 생명마저 앞당겨 마감하는 비극이 되풀이되고 있는 것이다.

　　세상을 살아가면서 더러는 쉼표가 필요하고 마침표도 필요할 터이다. 우선 쥐고 있는 것부터 놓아버리자. 행복과 자유는 버리고 비우는 것에서부터 비롯될 수 있기 때문이다. 텅 빈 충만처럼.

건강하게 사는
비결

건강은 건강할 때 챙기고 지켜야 한다. 건강이 무너질 때는 언제나 몸이 그 조짐의 신호를 보낸다. 가볍게 소홀히 여기면 병은 둘레를 넓혀 뱀처럼 똬리를 튼다. 건강을 잃으면 세상의 모든 것을 잃게 된다. 넘치지 않게 균형과 조화를 이루며 게으름 없이 내 자신의 건강을 내가 챙기고 지켜야 한다.

시력도 청력도 기억력도 세월이 흐르면 모든 기능이 소리를 내며 삭아내리게 된다. 소화력도 배설할 힘도 줄어들어 모든 활동이 삐걱대며 더디게 작동하고 용기와 의욕마저 줄어들게 된다. 건강은 몸과 마음의 지나친 행위로 망가지며 모든 기능을 서서히 잃어가게 만든다. 때문에 미세한 몸의 조짐과 변화에도 귀 기울이며 틈을 메우고 허물어짐을 말끔하게 수리해야 한다.

집착은 병을 몰고 온다. 지나친 집착은 반드시 건강의 뿌리까지 흔들며 허기진 야수처럼 우리네 몸의 기능을 먹이로 삼는다. 게으름 또한 허약해진 체질 속으로 기어들어와 생명을 좀벌레처럼 갉아 무너뜨리고 거미줄을 곳곳에 늘어놓게 된다. 건강은 그물코처럼 서로가 서로에게 연결되어 있어, 하나가 흔들리면 둘이 무너지고 셋이 따라서 기능을 잃게 된다.

마음이 설레고 모든 것을 긍정적으로 받아들이며 빛으로 충만하면, 병은 빛을 두려워해 접근을 꺼리게 되어 있다. 마음속의 어둠을 떨쳐내고 맑고 밝은 빛을 받아들임은 또 하나의 건강 비결이다.

사랑하고 용서하며 이해와 배려하는 따뜻한 마음은 기능을 되살리는 힘이 된다. 게으름 없이 부지런히 몸을 움직이며 빛으로 살 일이다. 음식도 약이 되고 생활 습관도 약이 된다. 부지런하게 세상을 열어가는 건강 지킴이의 주인공이 되어야 한다. 마음이 병들면 몸도 따라 병이 듦을 명심하고 살피고 또 살필 일이다.

장수하는 노인들의 삶을 한번 살펴보자. 장수하는 노인들은 보약을 먹거나 특별한 운동을 하지 않았다. 매일매일 습관처럼 호미나 괭이를 들고 들에 나가 일을 했을 뿐이다. 틈이 나는 대로 잡초 뽑는 일을 하였고 허드렛일을 찾아 부지런히 몸을 움직였던 것이다.

장수 노인들에게 있어 부지런함은 보약이었고 운동이었으며 장수 비결이 되었던 것이다. 장수 노인들은 한결같이 규칙적인 생활을 하고 즐기는 음식을 소량으로 섭취하며 긍정적인 마음자세로 이웃 돌봄과 나눔을 실천했던 것이다.

이들은 종교를 모르나 종교인이었고, 신앙을 모르나 착실함이 몸에 밴 신앙인이었다. 종교와 신앙의 목적은 보다 나은 행복과 열린 자유에 있을 터인데, 이들 장수 노인들은 주어진 생활 여건에 순응하며 게으름을 병으로 알아 부지런한 삶을 엮어왔기 때문이다.

세상이 빛과 어둠으로 양분되어 있으나, 게으름 없이 부지런하게 몸과 마음을 움직이면 어둠 속에서도 빛으로 충만할 수 있다. 걱정거리도 단순화되어 있고 생활도 단조로워 뼛속까지 파고드는 근심덩어리가 없다. 등 따습고 배부르면 이들은 행복을 느낀다. 넘침과 지나침이 없는 일상의 소소한 일들이 기쁨이 되고 소중하게 느껴져, 욕심부리지 않는 이들만의 생활 철학이 건강 지킴이의 장수 비결이 되는 것이다.

장수 노인들 얼굴에 지니고 있는 주름살이 경전의 활자 숲으로 다가옴도 그런 이유에서다. 장수 노인들은 우리에게 또 하나의 생활 교과서이자 섬기고 따라가야 할 좋은 스승인 것이다. 게으름은 병이다. 새벽마다 설렘을 안고 일어나 준비운동하며 몸을 움직이고 볼 일이다. 너와 나, 우리 모두가 건강한 장수 노인에 이를 수 있게.

청춘과
노인

청춘은 짧다. 그러나 노인은 길다. 청춘은 짧은 세월로 지나가지만 노인은 길게 누워 있는 그림자처럼 질기게도 길게 느껴지기 때문이다. 청춘은 그 자체로 아름답다. 젊음은 빛이 나기 때문이다. 그러나 노인은 서글프다. 빛이 사라진 틈 사이로 어둠이 몰려오기 때문이다. 그러나 아이러니하게도 청춘과 노인은 둘이 아닌 한몸이다. 청춘 없는 노인이 없고 노인 몸이 안 될 청춘 또한 없다.

청춘이든 노인이든 세월을 금싸라기처럼 소중하게 아껴야 한다. 오늘은 두 번 다시 오지 않는 법이다. 후회로 남을 일은 키우지 말고, 남의 가슴에 못질하는 거친 말투도 키우지 말 일이다.

나는 나일 뿐, 그 누구도 될 수 없다. 내 행위에 대해서는 내가 온전히 책임져야 하는 것이다. 젊음을 밑천 삼아 헤프게 살아서는 안 된다. 스스로 젊음을 길들이며 자신만의 채찍질로 자신만의 등불을 밝히는 자가 승리의 기쁨을 누리는 자이다. 노년에 이르러서도 낄 때는 끼고 빠질 때는 빠져야 품위를 유지할 수 있다. 노인이 되면 참견과 간섭하는 가벼운 몸짓은 아예 거둬들여야 사람들이 떠나지 않는다.

또한 청춘이나 노인이나 게으름은 병으로 알아야 한다. 젊은 시절의 객기와 노년 시절의 방종은 뼈아픈 후회의 그림자를 불러들일 터. 가능하면 '미안합니다, 감사합니다, 고맙습니다'를 생활의 언어로 자주 쓰면 마음이 개운하고 편안할 터이다.

청춘에서도 노인의 그림자를 볼 수 있고 노인에게서도 청춘의 그림자는 볼 수 있다. 노인은 우선 청춘을 챙겨 배려해야 하고 청춘은 우선 노인을 존중하고 그 덕(德)을 배우려 함이 중요하다.

'꼰대티' 내지 말고
'낄끼빠빠'

어른의 키는 어느 변곡점에 이르게 되면 서서히 졸아든다. 점점 더 작아지는 아이가 되는 것이다. 키만 작아지는 게 아니라 마음도 졸아드는지 용기도 패기도 사그라든다. 하여, 나이 들어 창업할 경우 대개는 빈손 처지가 되기 십상이다. 물론 크게 성공한 사례도 많겠지만 창의력, 추진력, 결단력, 판단력의 대응 능력이 더딘 것은 사실이기 때문이다.

늙으면 걸음걸이의 보폭도 좁아지고 낮아진다. 손가락의 감각도 무디어 물건을 놓치기 일쑤고 시력과 청력도 가물거려 '아~ 옛날이여'의 노랫가락 주인공이 되는 것이다.

노인네들이 명심해야 할 부분은 '꼰대티'를 일상생활에서 조심하고 또한 경계해야 한다는 사실이다. 끼어들 때와 빠질 때를 조심스레 살펴야 하고 겸손을 미덕으로 삼아 참견하는 짓을 줄여나가야 한다. 나이든 노인임을 스스로 알아차려 말과 행동이 가볍게 흐르거나 주접떠는 일이 있었는지 살피고 살필 일이다.

　노인일수록 생활의 절제가 더욱 필요한 것임을 잊지 말 일이다. 앞서 밝혔듯이 어른의 키는 작아진다. 작아지는 아이는 곧 어른을 상징하고 있기 때문이다. 작아지는 키만큼 마음마저 작아지는 건 매우 서글픈 일이겠지만, 곱게 늙어가는 지혜도 익혀야 하는 것이다.

　쉽게 나서지 말고 두어 걸음 물러나 관조하며, 젊은이들의 의견에 귀 기울이면서 날마다 익히고 배우는 자세로 가능하면 침묵하며 살 일이다. 늙은이는 인생의 선배이자, 눈부시게 발전하고 변화하는 새 시대의 후배이기 때문이다.

인생은
한바탕 꿈

이광수의 소설 〈꿈〉에서 '조신'이라는 승려는 법당에서 경쇠를 친후 엎드려 잠이 들고 꿈을 꾸게 된다. 꿈 속에서 한 여자와 결혼도하고 아이도 낳고 자식이 죽고 살인까지 하게 된다. 그렇게 일생을 살다 꿈에서 깨어나는데 잠들 때 친 경쇠 소리가 그때까지 울림을이어가고 있었던 것이다.

인생이란 해 질 녘 되돌아보면 한바탕 꿈인 것이다. 그것도 긴꿈이 아니라 경쇠 소리 한 번의 울림 속에서 순간으로 이루어지는꿈인 것이다.

스무 살까지는 세월이 더디 가지만 나이가 들수록 세월은 빛처럼 빠르게 지나간다. 자라는 아이들을 보게 되면 세월의 흐름을느낄 터이고 30대 이후부터 노년에 이르는 순간은 순간보다 빠른찰나인 것이다. 어느 사이 흰 머리카락이 되어 양지바른 곳을 찾게 되는 것이다.

　세월의 무게에 삭아내린 것은 허무의 그림자뿐이 아니다. 흔들리는 어금니처럼 시력과 청력이 흔들리고 기억력도 가물거리게 된다. 걸음걸이도 흔들리며, 사라져가는 용기처럼 의욕도 시들어감을 숨길 수 없다.

　사람은 누구나 십 년 간격으로 늙고 병이 든다는데 지극히 옳은 말이다. 십 년 전에 비해 몸의 기능이 졸아들고 대소변의 배설 능력도 지는 낙엽처럼 힘을 잃어간다. 마음은 청춘인데 몸이 따라주지 않는다는 주접떠는 노인도 간혹 있을 터이고 '내 나이가 어때서'라는 노랫가락도 흥얼대며 60은 청춘이고 70은 새 애인 만나기 좋은 때라며 넋두리를 늘어놓는 눈물방울도 더러는 있을 수 있을 터이다.

　그러나 노인은 노인이다. 가난을 숨길 수 없듯 늙음 또한 숨길 수 없는 것이다. 가난에서는 소리가 나지만 늙음에서는 냄새가 나는 법이다. 늙음을 받아들이며 추한 꼴 보이지 말고 곱게 늙는 생활의 지혜를 실천해야 한다. 말은 줄일수록 좋고 행동은 무거울수록 주변의 입방아질을 피할 수 있다. 세상은 허무하지만 누구나 노인이 된다. 나만의 세계를 게으름 없이 즐기며 가족과 주변에 부담되는 말과 행동은 줄여갈수록 편할 터이다.

석양의 하늘이
아름답듯이

불교에는 '개차법(開遮法)'이란 게 있다. 열 때는 열고 닫을 때는 막는 수행인의 생활 지침이 담긴 가르침이다. '휴선(休善)'이란 말도 있다. 자신이 닦은 공덕을 이웃에게 나눔을 의미하며 아름다운 마무리의 뜻도 담겨 있다.

사회에서는 퇴임과 은퇴라는 관문이 있다. 삶의 치열한 현장에서 활동 멈춤의 졸업 의식일 터. 예술 분야가 비교적 창작 기능의 자유를 존중해 육체의 나이를 뛰어넘고 있을 뿐이다. 요즘에 와서는 '백세시대'를 맞아 수명 연장과 더디 늙음을 앞세우며 정년의 나이를 늘리자는 공감대가 확장되는 시대이다. 환갑잔치는 사라진 지 오래이고 칠순잔치도 간소화하며 건너뛰는 세상이다.

그러긴 하나 늙어갈수록 아름다운 그침을 연습하며 실천에 옮겨야 한다. 헐떡이거나 흔들리는 모습은 늙을수록 경계해야 할

민망하고 추한 몸짓들이다. 몸과 마음이 늙어갈수록 맑고 개운하게 지혜의 등불을 밝혀야 한다. 재물의 끌어당김에서도 졸업해야 하고 명예의 줄다리기에서도 자유인이 되어야 한다.

　　주장보다는 경청이 덕(德)이 되고, 나서는 모습보다는 물러서는 모습이 아름답다. 드러낼 일도 감출 것도 없이, 있으면 있는 대로 없으면 없는 대로 순리에 순응하며 자연인으로 살 일이다. 어떠한 명분과 구실을 앞세워도 정년 퇴임과 은퇴는 마무리를 의미한다. 나무의 나이테도 한계에 이르면 성장을 멈추고 쓰러져감을 받아들이는 것이다. 생각할수록 서글픈 일이겠지만 석양의 하늘이 아름답듯이 말과 행동이 아름다움으로 회향되길 바랄 뿐이다.

약이 되는 말
힘이 되는 말

"아는 자는 말이 적고(知者不言) 말이 많은 자는 알지 못하는 사람
(言者不知)"이라는 말이 있다. 노자의 『도덕경』에 나오는 구절이다.

말이 많으면 지워내고 버려야 할 말도 끼게 된다. 말수가 적
어 표현이 어눌해도 좋은 말 쓸 만한 말을 찾아낼 수 있다. 말이 많
아지면 신뢰를 잃게 되고 말이 적어도 진솔함과 믿음을 키울 수 있
기 때문이다. 말은 언어 소통의 끝이지만 사람과 사람 사이에서의
소통은 입을 통한 언어만이 아닐 터이다. 사랑 고백도 은근히 젖어
드는 눈빛이 더욱 힘을 발할 수도 있고 고개 숙인 진지함이 용서를
불러들일 수도 있기 때문이다.

성직자는 입으로 쏟아내는 기름 바른 언어보다 몸으로 실천
하는 모습이 더욱 아름다울 터.

가짜가 진짜 같고 진짜가 가짜 같은 혼돈의 세상을 살고 있지

만 진실은 언제나 드러나는 법이다. 진솔함과 순수함은 언제나 믿음의 씨앗이 된다. 더딘 표현이 앞서가는 말장난을 이길 수 있기 때문이다. '침묵은 금'이라는 말도 있듯 언어 사용을 가볍게 하여 후회로 남지 말 일이다.

어두울 때일수록 빛이 되는 말을 즐겨 하고 칭찬하여 용기와 희망을 키울 일이다. 약이 되는 말, 힘이 되는 말, 빛이 되는 말을 즐겨 해야 한다. 말 한마디로 천 냥 빚을 갚을 수 있고 국어 선생의 이어진 칭찬으로 그 제자는 뒷날 시인이나 소설가로 성장할 수 있는 것이다.

말은 밑천 드는 장사가 아니다. 가능하면 부드럽게 칭찬하라. 긍정적으로 마음을 열어 빛이 되는 말, 약이 될 수 있는 말 보시를 실천하며 살아야 한다.

생각의
굴레

편견과 아집이란 말이 있다. 둘 다 멀리해야 할 단어로 인식하고 있다. 그러나 편견 없는 사람 없고 아집에 자유로운 사람도 드물다. 편견과 아집에는 정해진 틀이 있는 것이 아니다. 그것을 받아들이는 당사자의 눈높이와 생활 철학에서 오해와 곡해로 망치질을 즐기는 게 문제일 터이다.

세상에 온전한 사람은 없다. 장점만 지닌 사람도 없다. 장점이 절반이라면 단점도 절반은 숨기고 있는 것이다. 좋은 사람 나쁜 사람이 정해져 있지 않듯, 나한테 잘하면 좋은 사람이요 나한테 잘못하면 나쁜 사람이기 때문이다.

그러므로 성현과 범부는 종이 한 장 차이일 뿐이다. 그래서 불교에서는 중생이 곧 부처요 부처가 중생임을 일깨우고 있는 것이다. 승리자와 패배자 또한 높은 벽이 있는 듯하나 승리자가 패배자가 될 수 있고 패배자가 승리자가 될 수 있는 것이다. 빛과 어둠이 둘인 듯하나 둘이 아닌 하나이기 때문이다. 상대의 의견을 존중해 듣고 상대의 인격을 높이 받아들이며, 소홀함 없이 진솔하게 사람과의 관계를 이어가야 한다.

본래 진보와 보수는 상황에 따라 바뀔 수 있고, 내 편과 네 편은 이익에 따라 색깔이 변해가는 게 세상살이의 이치이다. 의식의 변화는 이념의 변화이다. 가치 기준도 각기 다르고 끊임없이 윤회를 즐기는 게 사람의 본성임을 잊지 말 일이다. 생각의 굴레에서 벗어나며 살 일이다.

죄와
벌

원인(因)이 있으면 결과(果)가 있는 법이다. 이것이 인과의 법칙이다. 죄(罪)가 있으면 벌(罰)을 받아야 하고 뿌린 것이 있으면 거두기 마련이다.

　도스토옙스키의 소설 〈죄와 벌〉 그리고 〈카라마조프 가의 형제들〉은 살인 사건이 주요 이야기로 등장한다. 〈죄와 벌〉에서는 한 가난한 청년이 수전노인 전당포 주인을 죽이고 겪는 갈등과 죄의식이, 〈카라마조프 가의 형제들〉에서는 카라마조프 가의 아버지 표도르를 죽인 네 형제(막내가 살인자)의 얽히고설킨 증오 범죄와 그로 인해 추락하는 모습이 담겨 있다. 증오와 갈등은 아버지까지 죽이게 되고, 인색한 전당포 주인을 죽여 돈과 장물로 가난한 이웃끼리 나누어 쓰겠다는 단순 심리는 살인으로까지 확대되고 있는 것이다.

범죄는 한 생각에서 비롯된다. 한 행동이 저지른 행위는 일생의 행복과 불행을 결정짓는 것이다. 미움과 원망의 온도는 내릴수록 약이 되는 법이다. 채울 수 없는 욕망과 증오의 불길도 사그라들수록 마음의 평화도 누리는 법이다. 한 생각을 일으키고 한 행위를 저지르기 전에 한걸음 물러서고 두 번 세 번 생각을 가라앉히면 평화와 자유를 누릴 일이다.

도스토옙스키는 그의 대표작 두 곳에서 살인을 등장시키며 살인이 최악의 범죄임을 일깨워주고 있다. 예로부터 물건 훔치는 버릇, 바람 피우는 행위, 돈 따고 잃는 노름 버릇과 행위는 쉽게 고쳐지지 않는다는 말도 있다.

범죄는 행위와 버릇에서 비롯된다. 원인이 있는 곳에 반드시 결과가 있기 마련이다. 죄에는 벌이 따르기 마련이요, 범죄는 순간에 저지르게 되지만 후회는 죽는 순간까지 따라옴도 잊지 말 일이다.

지옥에서
천국까지

단테의 〈신곡〉은 지옥과 연옥을 지나 천국으로 향하는 여행담이
다. 그중에서 지옥은 1곡에서 시작해 34곡에 이르러 끝나는 지옥
여행기이다.

　서른다섯의 단테는 어둠의 숲속에서 길을 잃고 헤매다가 햇
살의 언덕으로 오르려는데 표범(음란), 사자(오만), 암늑대(탐욕)가
길을 가로막는다. 그때 나타난 베르킬리우스의 도움으로 지옥 방
문의 여행길에 오르게 된다. 죄 지은 영혼을 지옥으로 실어 나르는
아케론강의 뱃사공 카론도 만나게 된다. 그중 28곡에서는 종교나
정치에서 입놀림으로 이익을 챙기고 거짓을 음모하며 허울만 그
럴듯했던 자들의 영혼을 만나게 된다. 그들은 산 채로 신체의 여러
곳이 갈라지고 찢기는 형벌을 받고 있었다. 자신의 잘린 목을 등불
처럼 들고 있어 더욱 소름 돋는 광경을 보게 된다.

아무튼 단테는 34곡에 이르러 동굴 밖으로 열려 있는 하늘의 별빛을 보게 된다. 그리고 마침내 연옥을 거쳐 도달한 천국에서 단테의 영원한 연인 베아트리체와의 만남이 〈신곡〉의 아름다운 마무리인 셈이다.

누구에게나 베아트리체는 있다. 1곡에서 34곡의 지옥 풍경과 숱한 이야깃거리를 지나야 비로소 베아트리체를 만나는 것은 아니다. 가깝게 있으나 마음의 문을 닫아 멀리 있게 하고, 멀리 있으나 마음이 간절심으로 모아지지 않아 까마득히 잊고 있을 뿐이다. 베아트리체는 연인일 수도 있고 스승일 수도 있다. 벗이 될 수도 있고 진리 그 자체일 수도 있다.

살펴보면 우리네 일상생활에서 양심을 저버린 몸짓으로 아케론강을 건너자는 뱃사공 카론의 손짓도 마주할 수 있다.

이처럼 고전(古典)은 오늘의 현장에서도 숱하게 만날 수 있다. 누구나 단테도 될 수 있고 베아트리체도 만날 수 있다. 1곡에서 34곡에 이르는 어디쯤이 내가 머물 지옥인지 살피고 살펴보면 자다가도 소름 돋는 잠꼬대를 이어갈 수 있을 테니까.

곱게 자란
행복

새벽 2시 법당에 다녀와 나무 침상에 앉아 있다. 빗줄기는 거세게 작은 폭포처럼 내리고 있다. 흥건히 몸과 마음이 빗물에 젖어 감기 기운을 키울 것 같다. 방금 끓여놓은 커피 잔에서 향긋한 내음이 코끝을 자극하며 적당한 크기의 행복이 온몸으로 파고든다. 마른 장마의 긴 목마름이 물폭탄으로 또 다른 피해를 몰고 올지도 모를 일이다. 요즘 장마는 예전과 다르게 좁은 지역에서도 가뭄과 홍수를 연출하며 손오공처럼 뛰어다닌다.

세상일이란 날씨의 변화처럼 알 수 없는 수수께끼이다. 짙은 안개처럼 자욱한 느낌이 들쑥날쑥 빛과 어둠으로 엉키고 있다. 나이가 들면 몸만 늙는 게 아니다. 마음 안에서도 흰 머리카락이 늘어 빈터에서 허무의 그림자를 키우고 있다. 잘했던 일보다는 잘못했던 일들이 삶의 비늘과 지느러미가 되어 가슴을 콕콕 찌르며 부끄러운 얼굴을 내밀게 된다. 만남도 소중하지만 헤어짐이 더욱 개운하게 마무리되어야 할 터. 만남은 한 호흡으로 이뤄지지만 헤어짐은 긴 변명으로 어둠의 그림자를 남기고 있다.

젊은 날의 어느 날, 세차게 내리는 장맛비를 실오라기 한 올 걸치지 않고 알몸으로 맞으며 엉엉 소리내며 흐느낀 추억이 있다. 무엇으로도 무슨 말로도 설명할 수 없는 젊음이 승복 안에 갇혀 답답하고 가련하여 울었던 것 같다. 이제는 머리 허연 한 마리의 짐승이 되어 봉지커피를 마시면서도 곱게 자란 행복으로 고마워하고 있다.

인생이란 만남과 이별 속에서 철이 들고 철이 들면서 서서히 사라져 가는 허무의 그림자인 것이다. 늙으면 누구나 서너 걸음 물러나 빗소리도 마음으로 듣고 눈송이도 마음으로 받아들이며 후회할 일 없게 개운한 삶의 마무리를 준비하며 살 일이다. 장맛비를 몇 차례나 더 만날지 커피 잔에 그 느낌이 소복소복 담기고 있다.

한 점 바람처럼
사라질 뿐

언제부터인지는 모를 일이나 작별을 연습하며 질긴 모습을 보이지 않으리라 다짐하고 있다. 세월이 흐르면 남는 것은 빈손, 삭신은 정직하게 온갖 병을 불러들인다. 온몸의 나사는 느슨하게 풀려 작동의 멈춤을 예견할 수 있게 경고음을 곳곳에서 들려준다. 어느 사이 머리 허연 짐승이 되어 거울 속에서 웃고 있지만 나는 안다. 거울 속의 저 노인이 한 점 바람으로 흔적 없이 사라질 허무의 그림자임을. 한 생각에 전생과 내생이 담겨 있고 한 생각에 지옥과 극락이 엉켜 있어, 보살과 투사가 둘이 아닌 하나로 더러는 빛이 되고 더러는 어둠이 되어 살아왔다.

　세월 참 빠르다. 허무하다. 남아 있는 날은 이제 손가락으로 헤아릴 만큼 죽음은 내 가까이 와서 머물고 있다. 어느 날 훅 불어 꺼져버리는 호롱불을 닮고 싶지만, 저승사자와 몇 차례는 실랑이를 벌일 수도 있을 것이다. 사람이 산다는 것은 어찌 보면 몇 마당 짜리 연극이다. 징 울리면 막 내리는 삶의 허무는 곱씹어도 절반은 짠한 아픔의 어둠이었다.

마지막 날 아무도 지켜보지 않는 곳에서 그저 그렇게 지는 낙엽이 되어 사라지면 좋으련만, 작별 인사도 없이 눈물방울도 없이 한 점 바람으로 사라지면 좋으련만, 질긴 내 생명의 그림자에 작은 희망을 심는 오늘이다. 어지간히 허울과 허세 부리며 마른 검불로 살아왔지만 마지막 그림자 거둘 날이 가까이 올수록 허무의 그림자 또한 길다.

지나간 어제는 전생이요 다가올 내일은 내생이다. 한 점 바람으로 사라지면 전생 내생도 사라질 터. 순간은 영원이다. 남은 순간의 주인공이 되어 즐기듯 거둬들이고 자연인으로 떠날 일이다.

홀로 와서
홀로 살다
홀로 가는
삶

장자의 임종이 가까웠을 때 제자와 나눈 대화이다. 제자들은 스승의 장례 준비로 분주한 모습을 보이며 석관(石棺)과 옥관(玉棺)을 준비하고 있었다. 이에 장자가 누운 자세로 제자 몇을 불러들였다.

"그대들은 웬일로 그리 분주하느냐?"

제자 중 한 명이 대답했다.

"위대하신 스승님이 돌아가시면 장례를 후하게 지내는 것이 저희들의 도리라고 생각해 소홀함이 없도록 챙기고 있을 따름입니다."

장자는 제자들에게 말하였다.

"나는 하늘과 땅으로 나의 관(棺)을 삼을 것이며 해와 달로써 무덤의 석등(石燈)을 삼을 것이다. 또한 하늘의 무수한 별로써 상여의 장식을 이룰 것이다. 만물이 있는 그대로 제물(祭物)이 마련됨과 다름없으니 한 가지도 부족할 게 없다. 이미 내 스스로 장례의 도구를 완비하고 있는데 무엇이 부족해 여기에 더한단 말인가?"

"스승님의 말씀은 관도 없이 그냥 하늘과 땅의 기운에 스승님의 몸을 맡겨두라는 말씀이온데, 그리하면 독수리나 까마귀가 몰려들어 스승님의 몸에 생채기를 낼까 두려워 석관과 옥관을 준비해두고 있습니다."

제자의 말을 듣고 장자가 말하였다.

"그렇다면 나의 몸을 옥관과 석관에 넣어 독수리나 까마귀를 피해 땅속 깊이 묻는다고 하자. 그럴 경우 개미나 구더기 등의 먹이가 될 터인데 이쪽의 먹이를 저쪽의 먹이로 주려 하느냐. 하나는 알고 둘은 모르는 현상계에 집착한 모습이 안쓰럽구나."

홀로 와서 홀로 살다 홀로 가는 삶의 마침표가 개운하면 오죽 좋을까.

아름다운
작별

인생이라는 거 삶이라는 거 참 별게 아니다. 그런데도 이별은 죽음보다 더욱 슬프고 사랑은 생명보다도 더욱 깊을 수 있다. 그리움은 화두가 되어 뼈에 박히고 지난날은 사리보다도 더욱 빛날 수도 있을 터이다. 그러긴 하나 생각이 바뀌고 마음이 열리면 세상은 천지개벽하듯 또 하나의 열린 세계를 펼쳐 행복과 자유를 누리게 되는 것이다.

살아 있음은 또 하나의 기적이자 축복이다. 열 손가락 열 발가락을 움직일 수 있음은 선택된 기쁨의 아름다운 느낌표이다. 살아 있음 그 하나로도 경이로운 은혜이자 기적이며 축복이기 때문이다. 병원에 입원해 있어 보라. 환자의 팔다리가 움직이고 손가락 발가락이 움직이며 걸을 수 있고 말할 수 있고 먹고 마시며 똥과 오줌을 배설할 수 있으면, 또 하나의 기적이자 축복으로 받아들인다. 수술 후 환자의 방귀는 의료진을 안도하게 하고 환자 보호자를 기쁘게 하는 힘이다.

그대와 나는 앉고 서고 눕고 일어날 수 있으며 걸을 수 있고 말할 수 있다. 먹고 마시고 똥과 오줌의 배설도 즐길 수 있다. 한 방의 방귀가 여러 차례로 이어질 수 있는 힘도 있다. 생각이 바뀌면 운명만 바뀌는 게 아니다. 움직이는 것은 모두 아름다운 드러난 진리 그 자체이기 때문이다. 오늘은 오늘뿐이므로 오늘의 주인공으로 주변 사람들에게 꾸벅꾸벅 인사 나누며 감사하며 살 일이다.

인생이란 삶이란 별게 아니지만, 느낌표 그 자체이기 때문이다. 만남은 설렘이지만 떠남의 미학(美學)은 논리적 분석을 거부하고 있기 때문이다. 곱게 늙어감은 또 하나의 수행이다. 모두를 용서하고 화해하는 마무리, 누구에게나 짐이 되지 않게 허무의 그림자를 거둘 날을 바라보며 아름다운 마감을 연습하고 있다.

3장

더러는 흔들리며

집착 없이 자유롭게

밥도 고맙고
똥도 고맙고

밥은 똥이다. 똥은 만물을 길러내는 힘이다. 사람이 살아가는 힘은 밥에서 비롯된다. 곡식으로 짓는 밥만을 의미하는 것은 아니다. 먹거리 일체가 밥이요 입안에서 씹어넘기는 모든 음식물을 밥으로 볼 수 있기 때문이다. 사람은 밥을 먹기 위해 살고, 살기 위해서는 밥을 먹어야 삶의 에너지를 충전시킬 수 있다. 그러므로 사랑 타령보다 앞서가는 것이 밥 타령이요, 밥이 없는 세상은 세상의 종말을 의미할 수 있는 것이다.

경쟁과 싸움은 밥그릇 다툼에서 비롯되고 어떤 의미로든 배부름은 행복과 평화를 안겨주는 것이다. 밥그릇 다툼이 치사하게 보일지 모르나 밥이 없는 세계는 어둠의 세계이자 절망의 바다일 터. 밥이 있어야 사람은 살 수 있고 똥이 있어야 만물은 자랄 수 있는 것이다. 밥은 똥이지만 밥도 고맙고 똥도 감사한, 우리 일상에 없어서는 안 될 소중한 존재들인 것이다.

　한 톨의 밀알이 빵이 되고 국수가 되어 우리 몸 안으로 스며든 후 피가 되고 살이 되고 골수가 되는 것이다. 똥이 되는 것이다. 똥이 된 밀알은 땅으로 스며들어 싹을 돋게 하고 대궁이를 키우고 꽃을 피우며 열매로 윤회를 거듭하는 것이다.

　밥은 똥이지만 밥은 생명이요 똥 또한 뭇 생명을 길러내는 또 다른 생명의 원천이 되는 것이다. 밥은 똥이다. 밥과 똥은 또 하나의 생명이다. 밥은 밥대로 소중하고 똥은 똥대로 생명의 자양분이 되어 세상의 빛이 되는 것이다. 진리는 밥과 똥에서 멀어질 수 없는 하나이기 때문이다.

탐험과
개척

콜럼버스가 미지의 세계를 찾아 떠나는 항해만이 탐험이 아니다. 탐험과 개척 정신은 미국의 애플과 한국의 삼성전자에서도 이어지고 있기 때문이다. 세계의 경제를 이끌고 있는 CEO 중에는 예상외로 신문팔이 소년 시절이 많이 끼어 있다. 애플의 창업주 스티브 잡스와 그의 후계자인 팀 쿡이 어린 시절 신문 배달원이었고, 한국의 대우 창업자인 김우중과 롯데 창업주인 신격호가 어린 시절 신문 배달 소년들이었다.

예전에는 신문 배달이 새벽에 현금을 벌 수 있는 유일한 아르바이트였던 것이다. 새벽 일찍 일어나야 하고 무거운 신문 뭉치를 옆구리에 끼고 새벽의 싸한 공기를 마시며 줄곧 달려야 했다. 부지런해야 하고 체력도 다져야 할 수 있는 새벽 직업이었던 것이다. 가난한 집에서 자란 신문 배달 아이들은 새벽 일찍 일어나 뛰고 달리며 가난과의 싸움에서 몸과 마음을 다잡으며 삶의 현장으로 뛰어들었던 것이다. 그 어린 시절의 쓰린 아픔과 눈물, 그때 흘렸던 땀방울이 끝내는 스티브 잡스의 애플을 만들었다. "세상을 바꿀 수 있다고 믿을 만큼 미친 사람들이 결국 세상을 바꾸는 사람들이다." 스티브 잡스가 즐겨 쓰는 그의 어록이다.

지배층과 피지배층은 끊임없는 노력과 도전 정신에 의해 결정된다. 세계의 땅 80%는 주인이 정해져 있고 이미 개발을 마무리하는 상태이다. 갈 곳 잃은 젊은 세대들이 가상의 현실세계로 관심을 돌려 메타버스를 발전시키고 있는 것이다.

방안에 앉아 있는 영웅시대는 이미 막 내린 지 오래이다. 날마다 새롭게 새 출발하며 탐험과 개척을 즐길 일이다. 입양아 출신의 스티브 잡스가 되어, 재일 한국인의 서러움을 견뎌낸 신격호가 되어 탐험과 개척 정신으로 우뚝 설 일이다.

어느 날 갑자기
바퀴벌레가 된다면

카프카의 〈변신〉은 어느 날 아침 거대한 갑충으로 변한 그레고리가 겪는 다양성과 이중성의 슬픈 이야기이다. 당황해하면서도 끝내는 거리감을 두고 멀어져가는 가족과의 관계도 눈물방울이 되어 갑충으로 변한 주인공을 울리는 것이다.

　세상 또한 아무리 가족 관계라 하더라도 갑충처럼 흉측하게 몰락하면 동정을 앞세우긴 하나 멀어져갈 터이다. 하물며 온몸이 딱딱한 갑옷 같은 피부를 지닌 갑충이 되어 있다면 형제자매도 거리를 둘 게 뻔한 이치이다. 부모라 하더라도 또 하나의 원수로 여길지도 모를 일이다.

　있는 자에게 모이고 없는 자에서는 흩어지는 게 세상의 이치이다. 카프카는 〈변신〉에서 인간은 한갓 돈 버는 기계임을 질타하고 있다. 요즘 우리네 생활 주변을 살펴보면 돈 버는 기계에서 돈에 생명까지도 내맡기는 돈의 노예들이 널려 있다. 돈은 현대의 신(神)이 된 지 오래이다.

〈변신〉의 주인공은 주변의 냉대와 멸시를 온몸으로 받아들이며 서서히 죽음에 이르게 된다. 갑충을 죽인 것은 그의 가족이자 주변 사람들이었다. 어찌 보면 갑충 자신이었을지도 모른다.

그러나 어둠 속에는 빛이 찾아오게 되어 있다. 역경과 고난의 터널 밖에는 빛이 기다리고 있음을 잊지 말 일이다. 갑충도 또 하나의 사람이기 때문이다. 갑충이 되지 않았는데도 그늘진 자, 소외된 자, 어둠의 자식들은 갑충 취급을 당하고 있지 않은지 내 가정과 내 가족 둘레를 살피고 또 점검할 일이다.

흔들리는 삶을
어깨동무하듯

인생은 선택이다. 끊임없는 선택의 이어짐에서 사람은 철이 들고 성장한다. 부모와 죽음만을 선택 못할 뿐 유년기를 벗어나면 끊임없는 선택으로 새로운 세상을 열어간다. 우리는 하루에도 몇 차례씩 말과 행동에 있어 선택을 하게 된다. 친구와 직장의 선택도 어렵지만, 인생살이 중 가장 큰 선택은 배우자의 선택이다. 친구와는 헤어질 수도 있고 직장은 바꿀 수도 있다.

그렇지만 아내와 남편은 쉽게 바꿀 수 없는 하늘이 맺어준 인연이다. 미운 정 고운 정 길들이며 아이들 때문에도 삭임질에 속앓이도 견뎌내야 하는 것이다. 물론 세상의 변화에 따라 이혼율이 높아가고 황혼 이혼에 졸혼까지 등장하는 세태지만, 부부는 그저 정으로 살아가는 것이다. 미운 감정도 추스르며 길들이고, 서로 등 따시게 챙겨주고 배려하며 희망의 불씨를 키워가는 것이 부부인 것이다. 더러는 기대와 실망이 교차하면서 불만과 권태가 고개를 내밀 수 있으나, 소복소복 쌓였던 추억이 짠한 마음으로 스며들어 생각의 멈춤을 길들이게 되는 것이다.

부부끼리는 대화 없이도 눈빛과 얼굴빛, 몸의 상태로 거짓과 진실을 알아차리는 것이다. 적당히 속아주기도 하고 작은 속임도 있을 수 있다. 부부는 가장 가까운 입안의 혀 같은 존재이면서 가장 먼 거리의 타인일 수도 있다. 그럴 때일수록 한 걸음 뒤로 물러나 입장 바꿔 상대를 이해하고 용서하며 배려하는 마음을 가지고 대화로 매듭을 풀어가야 한다. 아내가 없는 빈자리, 남편이 없는 빈자리는 삭풍이 몰아치는 빈터의 처절함으로 몰려올 수 있기 때문이다.

노인 부부가 공원의 긴 의자에 앉아 대화 나누는 모습은 아름답다. 그 부부 또한 틈이 생기고 대화가 끊겨 속앓이를 거듭해왔겠지만, 노년에 이르러 함께하는 모습은 그 자체만으로도 거룩하고 아름답다. 부부생활 중 크고 작은 다툼으로 인해 끊임없이 선택의 기로에서 어려운 고비도 넘겼겠지만, 황혼이 되어 긴 의자에 앉아 대화를 나누는 모습은 한 폭의 그림 같다.

흔들리는 삶을 어깨동무하듯 서로가 서로에게 의지해 있는 모습이 천사처럼 보살처럼 아름답게 느껴진다. 부부는 한 팀이다. 둘이 아닌 하나이다. 빛이 되고 어둠이 되기도 하며 서로의 빈자리를 채워주는 정으로 사는 도반이다.

미안합니다
고맙습니다

사람들이 세상을 떠날 즈음 누구나 '미안합니다, 고맙습니다'라는 인사를 남긴다고 한다. 어색해서 표현 못하고 계면쩍어 미안함과 고마움의 인사를 남기지 못한 사람들도 죽음의 문턱에 이르게 되면 누구나 눈인사나 몸짓으로, 언어의 울림으로 주위 사람에게 이 말을 남기고 떠난다는 것이다. 죽음의 문턱에 이르기 전, 살아생전 하루에도 몇 차례씩 누군가를 향해 이 말을 즐겨 쓰면 오죽 좋으랴.

중국어를 처음 배울 때 중국어 선생이 학생인 우리에게 웃으며 말했다. 재래시장의 복잡한 거리나 만원 버스 안에서 본의 아니게 중국인과 어깨를 부딪치고 발을 밟았을 경우, '뚜이 부 치'만 인사로 건네면 누구도 화를 내거나 시비 걸지 않는다는 것이다.

우리말로 '뚜이 부 치'는 '미안합니다'이기 때문이다. 세상을 엮어가면서 '미안합니다, 고맙습니다'는 생활의 언어가 되어야 한다.

립 서비스로 가볍게 나오는 인사보다 진솔하고 진지하게, 그 순수함이 서로 통할 수 있도록 마음을 담아 진실되게 인사 나누며 살 일이다. 부드러운 말 한마디가 천 냥 빚은 갚지 못할지라도 훈 훈함이 느껴질 수 있게 미소로 인사를 대신할 수 있을 터.

친한 사람일수록 서로가 서로를 존중하며 '미안합니다, 고맙 습니다'라는 말을 즐겨 생활의 언어로 써야 한다. 살아생전 오늘의 현장에서 마음을 열어 웃는 얼굴로 인사 나누며 살 일이다. 너와 나, 우리 모두는.

꺾이지 않는
마음

헤밍웨이의 중편소설 중 〈노인과 바다〉가 있다. 다들 알고 있는 내용이라서 줄여 옮겨보겠다.

늙은 어부가 84일째 고기를 잡지 못하다가 그의 낚시에 거대한 참새치 한 마리가 걸려든다. 참새치는 힘도 좋아 돛단배를 오히려 끌고 다니며 안간힘을 다해 살려고 몸부림치는 것이다. 참새치의 아가미에서 흘러내린 피는 상어를 불러들인다. 지칠 대로 지친 노인은 기진맥진해 참새치를 끌고 항구에 이르게 된다. 그러나 노인의 수확물은 머리와 뼈만 앙상한 참새치의 잔해뿐이었다.

우리네 일상생활에서도 〈노인과 바다〉를 만날 수 있다. 84일째 고기를 잡지 못한 노인이 겨우 거둬들인 수확이 참새치의 잔해뿐이었듯, 봄에서 여름까지 땀방울로 키운 농작물이 한번의 태풍과 폭우로 알곡 한 톨 건질 수 없는 상황도 있기 마련이다. 십여 년 준비해 겨우 합격해 들어간 직장이 부도 처리되어 참새치의 잔해만 바라보는 노인일 수 있는 것이다.

세상 일이란 뜻대로 되지 않는다. 바늘구멍으로 낙타가 통과하기만큼 힘겹고 고달프다. 그런데도 끊임없이 망치질을 하며 옥(玉) 다듬는 세공사가 되어야 한다. 성경의 말씀처럼 두드리고 또 두드리면 문은 열릴 터이다. 구하고 또 구하면 언젠가는 기필코 얻을 것이다.

84일째 빈손인 노인 어부에게 걸려든 행운은 천신만고의 격한 싸움을 벌였는데도, 상어에게 좋은 일만 하고 참새치의 잔해만 거두게 된다면 얼마나 허무하고 허탈하겠는가.

그러나 그 어부 노인은 또 다른 희망을 이어간다. 희망이 있는 자는 죽은 자의 그것과는 다른 움직임이 있는 것이다. 참새치의 뼈만 거둬들인 노인에게도 또 하나의 희망이 있는 것처럼, 우리 모두는 희망의 끈을 당기며 또 다시 바다로 떠날 차례이다.

가면무도회와
만우절

해외의 몇몇 나라에서는 연말이 되면 '가면무도회'가 열리는 모양이다. 한번쯤 초대되어 다녀왔으면 좋겠다. 어림없는 수작이라며 주책을 달고 사는 늙은이로 몰릴 수도 있다. 그러나 이 주접떠는 늙은이는 4월 1일 '만우절'을 즐긴다.

하루 동안 거짓말이 허용됨은 신선한 놀이문화의 청량제가 될 수 있기 때문이다. '닷새 동안만 거짓말하지 말라' 하면 쉬울 듯하나 결코 쉽지 않은 게 우리네 일상이다.

옆집 아주머니가 품에 안은 아이가 예쁘냐고 물으면 예쁘지 않아도 예쁘다고 거짓 대답을 해야 서로가 서로를 편하게 하기 때문이다. 이렇듯 닷새 동안 거짓말 안 하기 약속을 지키려면 침묵이 최상의 방법일 터인데 눈짓, 손짓, 몸짓도 또 하나의 언어임을 잊지 말 일이다.

자, 이쯤에서 한번쯤 가보고 싶은 가면무도회로 넘어가보자.

가면으로 얼굴을 가리고 수다를 떤다. 윤리·도덕과 체면치레를 몽땅 벗어 두고 가려진 신분 속에서 대화를 나눈다. 웃고 떠들며 상대를 골라가며 수작도 걸 수 있다. 이만하면 가면무도회는 또 다른 인간시장이 될 수 있을 터.

흐르는 물을 막아 두면 터질 수 있고, 억누르며 하지 말라 하면 궁금하고 호기심이 발동해 금지구역으로 접근을 시도할 수도 있는 것이다. 사람에게는 누구에게나 호기심과 바람기가 있다. 호기심은 잘라내도 다시 자라는 손톱 같고, 바람기는 때도 없이 일어나 흔적 없이 사라지는 마음의 방황을 의미하고 있기 때문이다.

'가면무도회'와 '만우절'은 삶의 숨통이자 일상의 탈출을 의미한다. 그러나 가면무도회나 만우절에도 지켜야 할 규범도 있고 넘지 말아야 할 선이 있다. 자기 생활의 현주소를 확인해 흔들림을 줄여나가는 게 일상의 지혜임도 잊지 말 일이다.

자연의
가르침

자연은 스승이다. 자연은 삶의 교과서이다. 자연은 삶의 지혜를 일
깨워주는 복전(福田)이다. 자연에는 많은 생명들이 모여 살고 있다.
변화하는 모습을 보이며 나날이 새로운 느낌, 새로운 가르침을 자
연스레 일깨워준다.

자연은 어머니의 품이자 형제자매들이 모여 사는 또 하나의
가정집이다. 바람소리와 새소리가 음악이 되고, 나무와 이름 모를
풀잎이 동화 속의 이야기를 들려준다. 다람쥐, 청솔모 가끔 만나는
산토끼와 노루의 등장은 연극의 막을 올리는 징소리와 같다. 자그
마한 들꽃의 생명력이 금가루만큼 아름답고, 흐르는 물의 맛이 생
명수가 되어 마음을 맑고 밝게 한다. 가파른 오름길도 호젓한 오솔
길도 삶의 지혜를 일깨우는 땀방울이 되고 안식처에 이르는 편안
함이 된다.

자연은 누구도 탓하지 않는다. 자연은 사람을 가리지 않는다. 자연은 감추거나 드러내지 않는다. 자연에는 꾸밈이 없고 거짓이 없다. 자연은 있는 그대로를 즐기고 없는 그대로를 꾸미지 않고 받아들인다. 바람이 불면 바람 따라 움직이고 비와 눈을 피하지 않는다. 이슬이 내린 만큼 목을 축이고 햇살을 받은 만큼 키를 키운다. 개미가 줄지어 지나가고 새들이 머물고 쉬어가도 자연은 있는 그대로 거부하거나 차별하지 않는다. 다람쥐가 땅굴을 파고들어도 뱀이 긴 허물을 남기고 떠나도 자연은 탓하지 않고 받아들인다. 있어도 있는 체 안 하고 없어도 없는 체 안 하며 빛과 어둠을 하나로 차별 없는 세계를 열어간다.

자연에는 받아들임의 지혜가 있다. 햇살을 받아들인 만큼 키가 자라는 순리의 배움이 있다. 새가 머물고 동물이 지나가도 상관않는 포용과 배려의 믿음이 있다. 거부하는 몸짓 없이 등 돌리는 변절 없이 바람이 불면 바람이 부는 대로 비가 오면 비가 내리는 대로 눈보라를 받아들이며, 불평과 불만 없는 '있는 그대로'의 삶을 누리는 것이다.

자연은 편을 가르는 일도 없고 선을 긋는 일도 없다. 봄에는 꽃이 피나 경쟁하지 않고 여름에는 잎이 무성하나 다투지 않는다. 가을에는 자연의 순리에 따라 잎을 떨구고 겨울에는 재충전의 깊은 휴식을 즐긴다. 나무는 나무대로 나무의 삶을 순리대로 즐기고 동물이나 곤충은 날씨의 흐름에 따라 변화를 탓하지 않고 정해진 길을 가게 된다.

생로병사는 사람에게만 있는 게 아니다. 자연도 생멸을 거듭하고 퇴화 작용을 거듭한다. 움직임 없는 바윗덩이에도 알게 모르게 생로병사의 법칙은 진행된다.

자연도 생존을 위해 경쟁도 하고 싸움도 마다하지 않는다. 식물은 한 방울의 이슬을 더 받기 위해 그 넓이를 키우고 한 뼘의 햇살이라도 더 받아들이기 위해 하늘을 향해 키를 키우는 것이다. 꿀을 만드는 벌에게도 저마다 임무와 서열이 있고 동물과 곤충의 세계에서는 치열한 생존 경쟁의 싸움이 있는 것이다. 다만, 사람처럼 '손자병법'이나 '육도삼략'을 즐기지 않을 뿐이다. 자연계의 순리에 따르는 질서를 지키고 있을 뿐이다. 그런 의미에서 자연은 더할 수 없이 좋은 스승이요 삶의 지혜를 일깨워주는 교과서인 것이다.

어차피
정답은 없어

시시비비 내 알 바 아니네(是是非非 都不關)

산과 물은 예전 그대로일세(山山水水 任自閑)

극락세계 따위 묻지 말게나(莫問西天 安樂國)

흰 구름 걷히면 그대로 청산일세(白雲斷處 有靑山)

중국의 임제 선사 게송이다. 가끔씩 되새김질해 보면 마음이 개운
해진다. 세상을 엮어가면서 이념의 벽에 갇힐 때도 있고 사상논쟁
에 휘말릴 때도 있을 터이다. 어떤 것이 옳고 어떤 것이 그른 것인
지는 세월의 흐름에 따라 달라질 수도 있다.

색깔론이 앞서거나 흥정 따위의 계산법으로 가치 기준이 흔
들릴 수도 있다. 원위치로 돌아와 살펴보면 부끄러운 주장도 허다
할 터이다. 시대에 따라 미인의 기준이 달라지듯 사람살이에 있어

정해진 정답도 없는 것이다. 사람에 따라 상황에 따라 달라지는 답변이 나올 터이다.

시시비비로 멍들게 하거나 다투지 말 일이다. 자연을 스승 삼아 자연을 닮고 보면 편한 것이다. 물은 물대로 산은 산대로 예나 지금이나 그대로인데 조그만 일에 분별심을 내어 분주스럽거나 요란 떨 일은 아닌 것이다.

신앙이니 양심이니 극락세계니 내게 묻거나 떠들지 말 일이다. 구름만 걷히면 우뚝 솟아 있는 청산이 그대로이듯, 번뇌 구름 걷히면 편안한 마음자리 그대로가 평화이고 행복이며 자유인 것이다. 진리는 드러나 있고 그 드러난 진리와 한몸을 이루면, 발길 닿는 곳이 정토요 내가 곧 정토의 주인공 부처가 되는 것이다.

삶의
참주인

진리는 드러나 있다. 높은 곳에 매달려 있거나 깊은 곳에 숨어 있지 않다. 마음을 열고 보면 진리는 물과 같고 공기와 같다. 빨래처럼 널려 있고 돌멩이처럼 가까이 있다. 이웃이 움직이는 진리요, 형제자매가 하나님이 되고 부처님이 되어 우리네 일상의 힘이 되고 등불이 되는 것이다. 닫힌 문도 열고 보면, 불행이 행복이요 어둠이 빛인 것이다. 발길 닿는 곳이 세상의 중심이요 머무는 곳이 정토의 극락임을 알아야 한다.

　나는 세상의 주인공으로서, 오늘을 열어가는 참주인공으로서 빛으로 충만한 기쁨을 누려야 한다. 작은 일에도 감사하고 미안해하는 마음이 일상생활의 으뜸 덕목이 되어야 한다. 칭찬에 인색하지 말 일이다. 부드러움으로 상대를 인정해주고 격려하며 배려하는 마음에는 빛이 있다. 평화가 있다. 행복이 깃들기 마련이다. 소소한 일에도 마음이 설레어 밝음을 길들이고 즐겨야 한다. 일하는 즐거움으로 살아야 한다.

공자는 『논어』에서 말한다. 아는 자 보다 좋아하는 자의 삶이 더욱 편하고 좋아하는 자보다 즐기는 자의 삶이 더욱 풍요롭고 평화롭다는 것이다. 원문을 그대로 옮긴다. "知之者不如好之者(지지자불여호지자) 好之者不如樂之者(호지자불여락지자)." 삶의 풍요는 조건의 갖춤도 중요하지만 마음의 즐김이 더욱 중요한 것이다. 드러난 진리와 하나를 이룰 수 있게 좋아하고 즐기며 밤과 낮의 참주인이 될 일이다. 열린 세상은 온통 나의 몫이기 때문이다.

"두드려라. 그리하면 열릴 것이다. 구하라. 그리하면 얻을 것이다." 이 구절은 마태복음 7장 7절에서 만날 수 있는 말씀이다. 길 잃은 자들에게 있어 희망의 말씀이자 생명을 되찾는 복음의 가르침인 것이다.

'두드리지 말라. 문은 항시 열려 있느니라. 두드리는 마음이 또 하나의 문을 만들 것이다. 구하지 말라. 구하지 않으면 마음이 편안할 것이요, 구함이 많을수록 마음은 번민에서 헤매게 되느니라.' 이 말씀은 불경(佛經)에서 만날 수 있는 구절이다.

사람들은 누구나 목이 마르다. 음식으로는 채울 수 없는 배고픔을 느끼게 되어 있다. 맹물을 마시고도 취하고 싶고 두 눈 멀거니 뜨고도 가위눌림의 팍팍한 삶이 이어진다. 버스나 배를 타지 않고도 멀미하기 일쑤요, 주눅 들고 기죽어 사는 스트레스가 산처럼 높기 마련이다.

이럴 때일수록 문을 두드리고 싶고 구하기 위해 헤매며 방황하게 된다. 그런데 두드리면 문이 열리고 구하면 얻게 된다니 신바람 날 일이 아닐 수 없다. 게다가 문은 항시 열려 있고 구함이 없으면 마음이 편안해진다니, 성경과 불경을 등에 업고 춤이라도 출 것 같다.

궁극적으로 진리는 둘이 아닌 하나인 것이다. 성경과 불경 속에 담긴 가르침은 누구에게나 이정표가 되고 생명의 말씀이 되어 천국과 극락에 이르는 길을 펼쳐 보여주고 있는 것이다. 열린 문의 주인공이 되어 너와 나, 우리 모두는 행복과 자유를 누리는 참사람이 될 일이다.

친구와
도반

세상은 끼리끼리 모여 더불어 살아가는 세상이다. 절해고도에 갇힌 로빈슨 크루소가 아니라면, 대화할 사람이 곁에 있어야 하고 정을 나눌 반려자가 길을 함께 가야 한다. 형제자매 같은 친구도 있어야 하고 뜻을 나누며 마음을 열어가는 도반도 필요하다.

물론 넓은 의미에서 친구와 도반은 같은 색깔일 수 있겠으나 어깨동무하며 자란 불알친구가 세속적인 '친구'라면, 같은 길을 함께 걸으며 마음을 함께 열어가는 나이와 성별의 차이가 없는 사람이 '도반'일 터.

그런 의미에서 친구다운 친구가 많은 사람이 절반의 성공을 거둔 사람이라면, 도반다운 도반이 많은 사람은 마음의 풍요를 누리는 부자인 셈이다. 곁에 있어도 그립고 말을 나누지 않아도 뜻이 통하는 것이 친구이자 도반이기 때문이다.

이익을 위한 다툼이 있을 수 없고 오해를 불러들일 행동이 사라진 관계, 그러한 믿음이 없으면 친구가 아니다. 신뢰가 무너지면 도반일 수 없다. 작은 것도 함께 나누며 서로가 서로의 마음을 따숩게 데워주고 열어가는 진솔한 믿음이 관계를 더욱 두텁게 하는 것이다.

친한 친구일수록 상체기로 남을 말이나 행동을 삼가야 한다. 존중하고 배려하며 입장 바꿔 이해하고 청탁이나 부탁은 줄여갈수록 좋은 관계로 꽃과 열매를 거둘 수 있는 것이다.

곁에 있어도 그리운 친구, 마음 열어 함께 자유를 누리는 도반, 그들이 진정한 의미의 또 다른 형제자매이자 스승이기 때문이다.

어머니
나의 어머니

전설은 살아 있다. 숱한 세월이 흘러도 전설은 빛바래지 않은 모습으로 우리들 가슴에 빛으로 등불로 남아 있을 수 있기 때문이다.

나의 어머니 또한 전설 속의 여인이다. 가난하나 당당하신 분이었고, 궁핍하나 넉넉함을 자식들에게 가르치신 스승이기 때문이다. 배고픈 형제가 남의 텃밭에서 강냉이 두 개를 훔쳐왔을 때에도 어머니는 부드러우면서도 단호하게 말씀하셨다. 허락 없이 훔친 것은 아무리 구운 강냉이가 먹고 싶어도 용서할 수 없는 일이라며 형제를 말씀의 회초리로 아프게 했다.

형과 나는 남의 텃밭에서 따온 옥수수를 땅에서 뜯은 긴 풀로 묶고 있었다. 얼핏 봤지만 어머니는 싸리문 뒤편에서 형제의 몸짓을 지켜보며 울고 계셨다.

어머니는 언제나 내 삶에 교과서요 스승이었다. 살아 있는 또 하나의 전설이요 부처님이셨다. 어머니가 그리울 때 나는 마음으로 몸살을 한다. 어머니는 빛이자 등불이었다.

나는 백양사에서 행자를 거쳐 수계한 어엿한 사미승이었으나 통도사에 오자 사미계는 사라진다. 당시엔 비구승과 대처승 간의 싸움이 법정으로까지 번지던 때인데 백양사는 당시 대처승의 집결지였기 때문이다.

하여, 통도사의 후원 생활이 시작된다. 행자들은 밥 짓고(공양주) 국 끓이고(갱두) 반찬 장만(채공)하며 고된 나날을 보내게 된다. 나는 공양주와 갱두를 거쳐 채공에 이르게 된다. 정해진 순서는 없지만 별 볼 일 없는 천한 신분의 행자인 나로서는 시키는 대로 이일 저 일 마다 않고 일할 수밖에 없는 처지였다. 여기서 천한 신분이란 대학쯤은 나와야 대접받는 후원 생활인데 나의 학력은 초등학교에 머물고 있었던 것이다.

백여 명이 넘는 대중스님들의 밥 짓기, 국 끓이기, 반찬 장만이 쉬운 노동은 아니었다. 많은 양의 쌀을 찬물로 씻으며 잔돌을 가려내다 보면, 쌀뜨물에 손등이 거북이 등처럼 갈라지는 상처가 아물 날이 없게 된다. 그 갈라진 손등의 상처가 있음에도 김칫독에서 김치를 꺼내다 보면 김칫국물이 상처 사이로 파고들어 외마디 비명을 지르며 고향집 어머니를 찾게 된다.

"어머니 손이 시려요. 손등 상처에 김칫국물이 스며 쓰리고 아파요. 가난해도 어머니랑 함께 살고 싶어요."

예나 지금이나 나는 눈물이 많다. 어머니를 길게 부르면 온몸이 흐느끼게 되어 있다. 어머니는 그리움 덩어리요 눈물방울이기 때문이다. 하여, 어머니를 가슴에 모시며 나는 다시 일어나는 것이다. 자랑스러운 아들이 되기 위해 시간을 아껴가며 책을 읽었고 졸음을 견뎌내며 열심히 공부했다. 언젠가 어머니를 만나면 마음의 키가 자란 아들의 또 다른 성장 모습을 보여주고 싶었기 때문이다. 어머니는 빛이자 등불이었다.

타인은
영원한 이방인

다른 사람은 이방인이다. 같은 민족으로 같은 언어와 문자를 쓰고 있어도 타인은 이방인이다. 타인은 결코 내가 될 수 없다. 지향점이 같은 동지라 할지라도 타인과 나는 다른 것이다. 나는 결코 타인이 될 수 없고 타인 또한 결코 내가 될 수 없다. 그러므로 냉정하게 이성의 눈으로 감성을 털어내고 살필 일이다. 이 세상 그 어디에도 똑같은 것을 찾아낼 수는 없다.

움직이는 사람은 사상과 이념을 키우며 이익 분배로 길들여진다. 세상의 풍토에서는 같은 듯하나 다르고 하나인 듯하나 둘인 것이다. 닮은꼴은 널려 있으나 꼭 닮은 것은 수북이 쌓인 솔잎에서도 무수히 피어 있는 꽃송이에서도 찾아낼 수 없다. 부모와 형제, 친구와 동료 사이에도 흐르는 강이 있고 벽이 있고 울타리의 보호 본능이 다른 것이다.

그러므로 착각하지 말 일이다. '너는 나이고 나는 너'라며 연인끼리 부부끼리 눈속임 놀이를 즐기지만, 엄밀히 살피고 따져 보면 '너는 너이고 나는 나일 뿐'이다. 프랑스의 소설가 알베르 까뮈의 대표작 〈이방인〉에는 세 명의 주인공이 각기 다른 삶의 다양한 지느러미를 보여주고 있다. 그러나 셋이 하나일 수 없는 또 다른 이방인일 수밖에 없는 것이다.

사람은 누구나 지구촌에 여행 온 나그네이자 이방인이다. 같음을 추구하며 상대로 인해 멍들지 말 일이다. 디딤돌을 잘못 밟으면 걸림돌이 됨도 명심해야 한다. 홀로 와서 홀로 떠나가듯 우리네 삶은 철저히 혼자인 것이다.

끼리끼리 어깨동무하며 힘을 보태며 살아가는 공동체임을 부정하는 것은 아니지만 곰곰이 살펴보라. '너는 너이고 나는 나'인 것이다. 결국 타인은 이방인이기 때문이다. 타인으로 인해 분노하거나 멍들거나 상처받지 말 일이다.

새롭게
멋지게

요즘 젊은이들의 생활 모토는 '새롭게 멋지게'이다. 나날이 새로워
져야 발전하게 되고 날마다 멋지게 살아야 삶의 활력이 불타오를
수 있을 터이다. 고여 있는 물은 썩기 마련이다. 무엇이든 움직임
을 잃으면 침체되고 생명력까지 잃게 되는 것이다.

  새로움은 창의력이자 또 하나의 아이디어이다. 어둠을 밀어
내며 벗어버리는 여명의 햇살이자 빛줄기이다. 또 하나의 탐험 정
신이자 도전이다. 날마다 새롭게 새 세상을 열어가는 개척 정신
이 있어야 알을 깨트리며 새 생명을 만날 수 있다. 방안에 앉아 있
는 영웅보다 밖으로 나다니는 머저리의 삶이 더욱 아름답기 때문
이다. 젊음은 끊임없는 도전이다. 기존의 틀을 깨어 부수고 나만의
영토에 나만의 깃발을 꽂을 일이다.

  누구도 나일 수 없고 내 인생은 온전히 나의 몫이다. 나의 노

력과 정진에 의해 빛이 될 수도 있고 어둠에 머물 수도 있는 것이다. 실패를 두려워 말라. 실패는 성공의 어머니이기 때문이다. 동트기 전이 가장 춥고 어두운 법이다.

　새벽마다 설렘을 앞세우고 기지개를 켜며 자리를 박차고 일어서고 볼 일이다. 젊음은 순간이다. 영원하지 않음을 명심하라. 주눅 들지 말고 기죽지 말고 눈치코치 볼 것 없이 호호탕탕하게 어깨 펴고 멋있게 살 일이다. 헌팅도하고 목마름도 느끼면서 새롭게 멋지게 새로운 세상의 참주인이 되어 살 일이다. 세상은 바야흐로 젊은이들의 세상이기 때문이다.

싸우지 않고
이기는 법

『손자병법』에서 '전쟁은 속임수'라고 말한다. 가장 좋은 승리는 '싸우지 않고 이기는 것'으로 '적을 알고 나를 알면 승리할 수 있다'고 말한다.

전쟁과 평화는 우리네 생활 저변에 수북이 쌓여 있다. 날마다 전쟁은 아니지만 다툼과 싸움이 있을 수 있기 때문이다. 대립과 갈등은 경쟁 사회에서 흔히 볼 수 있는 풍경화이다. 시기와 질투가 없는 사랑은 있을 수 없고 이해와 양보만을 강요하는 연인 관계는 파경으로 치닫게 되는 것이다.

균형과 조화는 삶의 지혜이자 평화에 이르는 지름길이다. 다투거나 싸우지 않고 평화를 유지하는 비결은 역지사지(易地思之)로 입장 바꿔 생각하는 배려이기 때문이다. '전쟁은 속임수'라는 병법이 있듯 가장 친한 친구 사이에도 연인 사이에서도 속임이 더러는 고개를 내밀 수 있는 것이다.

세상을 살아가다 보면 선의의 거짓말이나 속임이 약이 되는 경우도 널려 있다. 하여, 알면서도 속아주고 속이면서도 마음이 평화에 이를 수 있는 것이다. 병법에서도 강조하고 있듯이 가장 좋은 승리는 싸우지 않고 승리하는 것이다.

다툼과 싸움의 기미가 보이면 진솔하고 진지하게 대화를 통한 이해의 폭을 넓혀가야 한다. 부드러운 칭찬은 칼보다도 강하다. 사람은 감정의 동물이고 그 감정은 찰나지간에도 바뀌고 변화할 수 있다.

전쟁을 피하고 평화를 길들이기 위해 서로가 서로의 입장에서 이해하고 배려하며, 싸우지 않고 이기는 또 하나의 방법을 익힐 때이다.

비닐봉지에 담긴
물고기

사찰에서는 가끔씩 '방생법회'가 열린다. 물고기 몇 마리를 비닐봉지에 담아와 물이 있는 곳에서 풀어주는 게 그것이다. 비닐봉지 안에 담겨온 물고기들은 이미 반쯤은 죽어 있고 반쯤은 산소 부족으로 몸살을 앓고 있을 게 뻔한 이치이다.

그런데도 스님이 울리는 목탁 소리는 길어지고 비닐이나 그릇에 담긴 물고기는 방생의 순간을 기다리며 지쳐가는 것이다. 물고기 몇 마리 풀어주는 게 방생의 바른 의미일지 되짚어 살필 일이다.

불교의 『방생경』에서는 굽은 곳을 펴주고 막힌 곳을 뚫어줌을 방생의 으뜸 덕목으로 삼고 있다. 목마른 자에게 물을 건네는 것도 방생이요 굶주린 자에게 먹거리를 제공하는 것도 방생이다. 헐벗은 자에게 옷을 주고 병든 자에게 약을 주는 것이 살아 있는 방생의 실천이다. 부드러운 말 한마디도 방생이 될 수 있고 칭찬과 격려, 배려하는 행위도 또 하나의 방생이 될 수 있다.

한 생각만 열고 보면 이웃 돌봄이 방생이요, 둘레에 나눔을 실천하는 것이 참다운 방생이 될 것이다. 아내의 생일에 꽃 한 송이 챙김도 아내를 위한 방생이요, 친구끼리 동료끼리 적은 것이라도 나누며 위로해주고 격려해주는 따뜻한 마음 나눔도 생활 속의 방생일 것이다.

비닐봉지에 담긴 물고기에서 방생의 참 의미를 넓히고 실천할 때이다. 부끄러움이 덜하고 누구나 받아들일 수 있게, 고정관념의 틀에서 벗어날 수 있게.

결국 1%의 노력이
부족했을 뿐

'운칠기삼(運七技三)'이라는 말이 있다. 아무리 노력해봐도 정해진 운명이라도 있듯 일이 제대로 풀리지 않을 때 즐겨 쓰는 말이다. 기술이나 실력은 그 역할이 3인데 보이지 않는 운명의 힘이 7을 차지한다면 누구나 운명론 쪽으로 기울 터이다.

그러나 명쾌하게 운칠기삼은 틀린 말이다. 시험운이 없다거나 진급운이 없다는 사람들은 자신의 부족했던 1%를 챙기지 못한 탓이다. 나무와 나무끼리 1,000번을 비벼댈 경우 불꽃을 만날 수 있다고 생각해보자. 힘겹고 지겨워 999번까지 비벼대다 멈추면 나무의 열은 식어 내린다. 마지막 남은 한 번을 소홀하게 여긴 원인이 불꽃을 만날 수 없는 실패의 결과를 낳은 것이다.

마지막 한 번, 1%의 노력이 부족했음을 깨닫고 운칠기삼의 운명론으로 기울지 말 일이다. 뜻이 있는 곳에 길이 있다는 말이 있다. 그러나 길이 있을 뿐 목적지에 도달한다는 말은 아니지 않는가.

뜻이 있는 곳에 길은 있다. 다만 그 길의 목적지에 이르기 위해서는 역경과 고난을 견뎌내며 오롯이 한 생각으로 간절하게 꾸준히 한 걸음 한 걸음 옮기는 끈질김이 목적지에 이르는 원동력이 되는 것이다.

소리꾼이 득음(得音)을 위해서는 목구멍에서 몇 사발의 피를 토해내야 성공하고, 뼈마디가 박살나는 고통을 꾸준하게 견뎌야 성공한 '꾼'이 되고 '장이'가 되고 끝내 '대가(大家)'의 자리에 오르는 것이다.

자신의 부족했던 1%를 위해 냉철히 점검하고 반성하며 냉혹하게 도전하고 또 도전해야 한다. 그렇게 뜻이 있는 곳에 길이 있음을 증명해 보여야 성취자와 승리자가 될 수 있음을 두고두고 잊지 말 일이다.

생각이 이끄는
위대한 기적

정신력은 때때로 기적을 몰고 온다. 신념은 마력이기 때문이다. 길이가 10m이고 넓이가 30cm인 두툼한 판자가 있다고 하자. 그 긴 판자를 30m 높이의 건물 옥상과 옥상 사이에 흔들림 없이 견고하고 안전하게 버팀목으로 걸쳐 두었다고 해도, 선뜻 그 판자 위를 걸어가겠다는 사람은 흔치 않을 것이다. 자칫 몸의 균형을 잃을 경우 30m 높이에서 추락해 생을 마감할 수도 있을 테니까 말이다.

그러나 같은 길이 같은 넓이의 두툼한 판자를 평탄한 곳에 놓고 그 판자 위를 걸어가라면, 누구든 망설임 없이 쉽게 거뜬하게 건너갈 터이다. 그 이유는 간단하다. 몸의 균형을 잃거나 발을 헛디딜 경우에도 만수무강에 전혀 지장이 없기 때문이다.

그렇다. 세상은 용기 있는 자, 도전하는 자, 열려 있는 자들의 몫이다. 겁쟁이는 머저리의 다른 표현이다. 겁이 많은 자, 두려운

자, 포기하는 자는 평생을 이용당하는 자로 팍팍하고 고단하게 살아갈 수밖에 없다.

하면 된다는 신념, 뜻은 이루고야 말겠다는 도전 정신이 일상생활에서 크고 작은 기적을 몰고 옴을 잊지 말 일이다. 옥은 끊임없이 다듬어야 그릇이 되고, 좋은 쇠일수록 불 속에서 수십 차례 달구어지며 천 번 만 번의 망치질에 두들겨 맞아야 비로소 보검(寶劍)이 될 수 있는 것이다.

'실패는 성공의 어머니'임을 좌우명 삼아 쓰러졌다 일어서는 오뚝이 인형처럼 단련하고 노력하면, 공중에 떠 있는 판자 위라 할지라도 외줄 타는 곡예사처럼 능히 누구나 바른 자세로 걸어갈 수 있을 것이다. 일생을 이용당하며 사는 자와 이용하며 사는 자의 차이는, 운명이 아닌 자신의 피눈물 나는 노력의 유무에 있다.

다시 한번 출발점에 서서 긴 호흡으로 성공에 이르는 북소리를 힘껏 울릴 때이다. 하면 된다. 뜻이 있는 곳에 길이 열려 있다. 신념은 마력까지 몰고 오기 때문이다.

더러는 흔들리며
집착 없이 자유롭게

참 앎[知]과 참 봄[見]은 깨달음의 완성을 의미한다. 예불문에서 '해탈지견(解脫知見)'은 계(戒)·정(定)·혜(慧)의 완벽한 충만과 수행의 완성을 증명적으로 보여주고 있는 것이다.

참 앎과 참 봄을 이룬 자는 의혹이 남아 있거나 장애물이 끼어 있을 리 없고 속이지도 않고 속지도 않는 것이다. 경전의 어느 구절에 의혹이 있을 수 없고, 선어록 그 어느 선문답에서도 막힘이 없이 자유로운 것이다. 생각이 일어나되 그 생각에 머물지 않고 더러는 흔들리되 그 흔들림에 집착 없이 자유인이 되는 것이다. 참사람에 이른 것이다. 꾸미는 일 없고 감추는 일이 없게 된다. 드러내는 일 없고 분별심을 앞세워 경쟁하거나 다툼이 없는 것이다.

있으면 있는 대로 행복하고 없으면 없는 대로 자유로운 것이다. 행복은 만족에서 비롯되고 불행은 견줌의 버릇에서 시작되는 것이다. 소유욕은 키울수록 병이 되고 욕심은 버릴수록 편안한 것이다. 넘침도 없이 지나침도 없이 소소한 일상이 즐거움이 되는 것이다. 동서남북은 본래 없는 것이다. 내가 서 있는 곳이 세상의 중심이자 동서남북의 중앙이 되는 것이다.

불교의 중도(中道)에는 경계해야 할 변두리나 모서리가 없다. 하여, 좌(左)와 우(右)로 기울 일도 없는 것이다. '가운데 중(中)'이 아니라 '누리는 중(中)'이기 때문이다. 불교가 오늘의 종교이듯이 오늘의 주인공이 되어 살아야 한다. 발길 닿는 곳이 정토요 만나는 사람이 부처인 것이다.

해탈을 이룬 자는 참 앎과 참 봄의 완성자이다. 윤회를 멈춘 행복인·자유인이 해탈지견을 이룬 자이기 때문이다.

끌어당김의
법칙

눈높이라는 말이 있다. 눈높이에 따라 세상을 바라보는 기준이 다를 수 있을 것이다. 삶에 모범 답안이 없듯 세상을 살아가는 재미도 사람에 따라 눈높이에 따라 다양할 수밖에 없다. 어차피 정해진 답이 없다 보니 착각 아닌 착각에 머물러 씨줄과 날줄로 세상을 엮어가고 있는 것이다.

밝음에 머무는 사람은 긍정적인 착각으로, 어둠에 머무는 자는 부정적인 착각으로 빛과 어둠 사이에서 끊임없이 윤회를 거듭하고 있는 것이다. 긍정적인 착각은 힘을 키우지만 부정적인 착각은 꿈을 졸아들게 만든다.

긍정과 부정은 마음의 닫고 열림에 따라 빛과 어둠으로 변화를 거듭한다. 눈의 피로에 따라 사물의 정확도가 달라지듯이 마음의 온도 차에 따라 곱게도 밉게도 보일 수 있는 것이다. 착시 현상 또한 사람의 욕구에서 비롯될 수 있다. 같은 사물이나 어떠한 물체를 보고 순간적으로 착시 현상을 일으키는데, 근원적으로 그 원인을 살펴보면 평소의 바람과 마음속 목마름이 순간적 이룸으로 착시를 불러오기 때문이다.

예를 들어 이른 새벽 길거리에 놓인 어떤 물체를 배고픈 사람은 먹거리로, 돈 고픈 사람은 돈다발로 착시 현상을 일으킬 수 있기 때문이다. 사람은 누구나 자유로운 존재이길 희망한다. 흔들림과 헐떡임의 목마름 속에서 헤매는 어둠의 자식이 되고 있는 것이다. 마음 작용에 의해 눈높이의 높낮이에 따라, 같은 환경에서도 같은 사물을 두고 빛과 어둠 사이로 윤회를 즐기고 있는 것이다.

서양에서는 '끌어당김의 법칙'을 생활 공간으로 넓히고 있다. 우리의 '일체유심조'처럼 활용하고 있는 것이다. 생각을 모아 간절심에 이르게 되면 원하는 바람과 욕구가 현실 속에서 이루어진다는 논리이다. 그렇다면 세상을 살아가는 다양한 방법에 있어 마음의 밝음은 희망을, 마음의 어두움은 절망을 불러들임에 방점을 찍어 깊이 관조해 볼 일이다.

그림자를
소유할 수 없는 것처럼

사람의 백팔 번뇌는 소유욕으로부터 비롯된다. 사람이 앓는 모든 병은 집착으로부터 시작된다. 소유욕과 집착은 본능적인 욕구이면서 생리적 성취욕만큼 뿌리가 깊다. 모으고 이루고 갖고자 하는 바람은 삶의 자양분이자 활력소이다. 끌어당김으로 쌓아둔 물질적 풍요는 끈질긴 노력의 결과물이라 더욱 소중할 터이다. 그렇긴 하나 물질적 풍요는 정신적 빈곤을 불러들인다. 넘치면 탈이 나고 지나치면 화(禍)를 불러들이기 때문이다. 때문에 더러는 쉬어 가고 잠시 멈추며 살펴보는 지혜가 필요하다.

　새벽 예불을 마친 후 산사의 뜰을 한동안 걸어다녔다. 음력 열여드레인데도 달빛이 그런대로 곱다. 잎을 다 떨구고 서 있는 나목(裸木)의 앙상한 가지가 땅바닥에 그림자를 남기며 신비로움을 더해주고 있다. 그 나뭇가지 그림자를 밟을 수는 있으나 만질 수는 있으나 주워담을 수는 없는 것이다. 세상사 또한 그림자를 줍고 담을 수 없듯 무엇 하나 내 것으로 영원히 남아 있는 것은 없을 터이다.

내 것인 듯하나 내 것이 아니요, 소유한 듯하나 영원한 소유는 없다. 비단 물질만이 아니다. 사람과 사람의 관계에 있어서도 사랑과 우정으로 빈틈이 없는 하나의 존재로 착각하고 있지만, 사람은 사람을 소유할 수 없다. 바뀌는 계절처럼 사람은 움직이며 생각하는 동물이기 때문이다. 사람은 말뚝이 아니기 때문이다. 감정의 동물이기 때문이다. 영원한 사랑은 있을 수 없고 흔들리지 않는 사랑은 존재할 수 없다.

마른 모래를 한 움큼 쥐고 있어 보라. 손가락 사이로 솔솔 빠져나가는 모래알처럼 재산도 명예도 사랑도 건강도 세월의 흐름에 따라 빈주먹이 되는 것이다. 그 누구도 그 무엇도 내가 될 수 없다. 그림자를 소유할 수 없는 것처럼.

4장

생각이 바뀌면

운명이 바뀌고

마음이 열리면

세상도 열리고

감춤도 없고 속임도 없는
참사람

승려는 청빈을 기본으로 검소한 생활을 즐겨야 한다. 비구(比丘)는 걸사(乞士)를 의미하고 있기 때문이다. 비우고 버리며 나눔의 생활 습관이 수행자로서 더욱 개운하고 아름답기 때문이다. 모으고 쌓으며 챙기는 모습은 집착의 병을 앓는 수행자의 삶은 아닌 것이다.

출가와 수행은 결코 둘이 될 수 없는 하나이다. 출가는 버리는 것으로부터 출발한다. 세속의 애착을 버리고 오욕락과 명예도 버리고 출발한다. 하여, 출가는 새로운 출발이자 비우고 버리는 텅빈 충만을 향한 또 하나의 여행이다.

수행은 다짐만으로는 이뤄질 수 없는 것이다. 끊임없이 몸과 마음을 추슬러 가혹할 만큼 자신을 향한 채찍질의 간절심이 이어져가야 부끄러움이 없는 수행자인 것이다.

수행은 구호로 완성되지 않는다. 피눈물 나게 뼈를 깎는 고통을 견뎌내며 참으로 비우고 버리는 간절심이 수행의 완성을 돕는 것이다. 경전을 통째로 달달 외우고 설법의 표현력이 대중을 사로잡아도 수행의 완성인 깨달음을 이룬 것은 아닌 것이다. 깨달음이란 집착과 의혹됨을 벗어버린 마음 열린 참사람을 의미한다.

꾸밈과 드러냄 없이 낮과 밤이 한결같은 걸림이 없는 자유인이 참사람인 것이다. 속이지도 않고 속지도 않으며 머묾 없는 머묾으로 진리와 한몸을 이루어 감춤과 속임이 없는 것이 참사람인 것이다. 비우고 버리는 것을 머뭇거리거나 망설이지 말 일이다.

생각이 일어나되 그 생각에 머물지 않고, 좋고 나쁨을 가릴 줄 아나 좋고 나쁨에 머물지 않는 것이다. 누구에게나 좋은 스승이 될 수 있고 아무에게나 착한 벗이 될 수 있는 사람, 그런 사람이 선지식인 참사람인 것이다.

물처럼
공기처럼

공자가 나이 51세가 되었는데도 도(道)를 깨닫지 못하여 남쪽에 있는 노담을 찾아갔다. 노담이 말하였다.

"나는 그대가 북방의 어진 이라고 듣고 있는데 그대는 도를 깨달았소?"

공자가 대답했다.

"아직 깨닫지 못했습니다."

노담이 다시 물었다.

"그대는 어디에서 도를 찾고 있소?"

공자가 대답했다.

"나는 제도(制度)와 수(數)에서 도를 찾은 지 5년이나 되었으나, 아직도 찾지 못했습니다."

노담이 다시 물었다.

"그대는 또 어디에서 도를 찾았소?"

공자가 대답했다.

"나는 다시 음양(陰陽)에서 찾은 지 12년이 되었는데도, 아직 얻지 못했습니다."

이에 노담은 말하였다.

"도는 보여줄 수도 건네줄 수도 없는 지극한 이치로서, 마음에서 마음으로 전할 뿐이요. 도라는 것은 마음속에 주체가 없으면 거기에 와서 머물지 않고, 밖에 올바른 것이 없으면 도를 행할 수 없으며, 중심에서 나오는 것을 밖에서 받지 않으면 이룰 수 없는 것이요. 행하되 행함에 머물지 않고 목마르면 물 마시고 졸리우면 잠을 자되 생활에 얽매임과 의혹됨 없이 자유로우면 도와 한몸을 이룬 것이요."

북방의 공자가 남방의 노담까지 찾아갔으나, 도란 일상생활이었던 것이다. 진리는 생활 주변에 널려 있었던 것이다. 마음이 열리면 세상이 열리는 것이다. 진리는 멀리 있는 게 아니라 내 가까이 물처럼 공기처럼 널려 있는 것이다.

깨달음에
이르는 길

불교에는 신(神)이 없다. 메시아도 없다. 깨달음에 이르는 길이 있을 뿐이다. 그러므로 불교에서는 실천 수행을 으뜸으로 삼고 있다. 스스로 수행하여 자신을 완성해가야 한다. 깨달음을 이루어 부처가 되는 것이 수행의 최고 목표다.

불교에는 신과 인간이 둘로 나누어져 있지 않다. 창조주인 절대자가 따로 있고 피조물인 인간이 따로 있는 게 아니다. 부처와 중생이 둘이 아닌 하나인 것이다. 깨달으면 부처이고 미혹하면 중생일 뿐이다. 그러므로 불교는 신을 중심으로 하는 종교가 아니다. 인간을 중심으로 하는 종교이다. 신을 믿지 않는 종교는 종교라고 볼 수 없다는 견해도 있을 수 있다. 그런 견해는 '종교란 신과 인간과의 관계'라는 선입견이 있기 때문이다.

종교의 본질은 신을 섬기는 데 있지 않고 성스러운 것을 추구하는 데 그 생명력이 있음을 알아야 한다. 무당들도 신을 섬긴다. 그러나 그들을 종교인으로 분류하지 않는다. 그들에겐 성스러운 것의 추구가 없기 때문이다. 그런 의미에서 불교는 매우 훌륭한 종교이다. 서양인의 도식화된 기독교적 사고방식에서는 반발 또한 없지 않겠지만 서양인이면서 종교학자인 제데르 볼륨은 『신앙의 생성』이란 그의 저서에서 불교 또한 훌륭한 종교임을 인정하며 다음과 같이 말하고 있다.

"석가가 인생의 황야 속에서 생로병사의 불행과 고뇌로부터 멀리 떠나 오아시스를 발견한 일, 거기에는 성스러운 것이 풍성한 내용을 지니고 속된 것과 대치되어 있는 것이다."

물론 유럽의 기독교적 사고를 지닌 학자들이 불교를 종교로 받아들이든 말든 전혀 상관할 일 아니다. 다만 유럽을 중심으로 불교 신앙이 그 둘레를 넓히며 불교의 수행자가 늘고 있다는 사실이다.

여기서 『임제록』에 있는 임제 선사의 가르침을 옮겨본다. 수행자가 거치게 되는 4단계에 대한 설명이다.

첫째로 나에 대한 아집과 편견을 버리라는 것이다. 주관적 관념론에서 자유로운 덕목을 실천하라는 것.
둘째는 너라는 상대개념으로 비롯되는 배타성과 이념적 갈등을 줄이기 위해 주관을 버리듯 객관도 버리라는 것.
셋째는 주관적 객관적 관점에 따라 달라지는 생각의 윤회에서 자유로워지기 위해 주관과 객관을 모두 버리라는 것.

넷째는 생각이 바뀌고 마음이 열려 무집착과 무소유에 이르게 되면, 주관은 주관대로 소중하고 객관은 객관대로 아름다워 버릴 게 없는 정토의 세계라는 것.

그렇다. 수행의 완성은 전지전능한 신이 되는 게 아니다. 깨달은 사람은 참사람이기 때문이다. 그러므로 참사람은 누구에게나 좋은 스승이요 착한 벗이 되는 것이다. 사바세계를 떠나 정토에 이르는 것이 아니라, 발길 닿는 곳이 곧 정토세계요 만나는 사람이 그대로 부처인 것이다. 깨달음을 성취하면 본래의 자리인 중생 곁으로 되돌아와, 중생과 함께 호흡하고 생활하며 아름다운 회향을 하는 것이다.

주관과 객관이 집착의 병이 되어 장애의 요인이 되는 경우는 모두 버려야 한다. 주관과 객관에 얽매임 없이 자유로울 때, 움직이는 것은 모두 아름다운 열린 세계의 주인공이 되는 것이다.

화두 정진에 있어서도 화두는 정신을 모아가는 깨달음에 이르는 필수과정일 뿐, 화두 그 자체가 깨달음의 문을 여는 열쇠는 아닌 것이다. 깨닫는 순간에 화두도 군더더기일 뿐 열리는 세계에는 어떠한 의혹도 있을 수 없는 것이다. 빛으로 충만한 자유인이 되기 때문이다.

마음 열면
버릴 게 없다

『화엄경』「입법계품」에 젊은 구도자 '선재동자'가 등장한다. 구도의 길을 떠나는 선재에게 문수보살은 말한다.

"그대가 구도의 길을 떠나 만나는 모든 사람이 그대의 마음을 열어주는 좋은 스승이요 착한 벗인 선지식임을 명심하라."

하여, 선재는 보살과 천신(天神), 상인과 어부, 국왕과 창녀, 비구와 비구니 등 53명의 선지식을 만나 드디어 깨달음에 이르게 되는 것이다. 선재에게는 누구도 스승이었고 아무나 선지식이었던 것이다. 만나는 사람마다 빛이었고 채찍이었으며 깨달음에 이르는 이정표였다. 그들은 부모이자 형제자매였고 교과서이자 살아 움직이는 경전이었다. 버릴 부분이 하나도 없는 열린 진리의 등불이었다.

그들은 목마름을 가시게 하는 물이었고 삶의 자양분이자 생명의 활력소였다. 한 분을 만나 하나씩 배우며 열어가는 세계는 진리와 한몸을 이루는 좋은 스승 착한 벗의 맑고 밝은 53개의 등불이었고 빛이었다.

그렇다. 53명의 선지식은 경전에만 깃들어 있는 게 아니다. 열린 마음이면 어디서나 53명의 선지식을 만나 배울 수 있다. 선재동자는 또 하나의 나이기 때문이다. 사기꾼한테서도 배울 게 있고 창녀에게도 익힐 게 있는 법이다. 마음이 열리면 버릴 게 없다. 모든 것이 소중하고 빛이 될 수 있기 때문이다.

수행은 고통이 아니라 치유되는 편안함이다. 좋은 스승 착한 벗은 주변에 널려 있다. 진리는 편한 것이다. 진리를 알면 자유인이 되는 것이다. 자, 이제 선재동자가 되어 53명의 선지식을 찾아길 떠남을 즐길 때이다.

어머니가
산신령

『효경(孝經)』에 담겨 있는 이야기 하나 옮겨본다. 아미산 자락의 외딴마을에 사는 '덕보'라는 청년이 소문으로 듣던 아미산의 '무제'라는 산신령을 만나기 위해 산속을 헤매고 있었다. 해 질 무렵 지쳐 헤매는 덕보 앞에 한 노인이 나타나 말을 걸어온다.

"날도 저물어 곧 어둠이 몰려올 터인데 젊은이는 무슨 일로 아미산의 깊은 계곡을 오르내리며 무엇을 찾는 거요?"

덕보는 잠시 망설이다 대답했다.

"아미산의 산신령인 무제보살을 만나기 위해 헤매고 있습니다."

"산신령을 만나면 무슨 소원을 이루고 싶은 거요?"

덕보는 당황했으나 평상시의 바람을 말하였다.

"홀어머니가 외아들인 저를 키우시며 많은 고생을 하셨습니

164

다. 어머님이 건강하시어 제가 오래 모시고 싶습니다."

그러자 그 노인은 빙그레 웃으며 무제보살을 만날 수 있는 길을 가르쳐주겠다며 말한다.

"지금 당장 오던 길로 되돌아가 살던 집으로 향하게 되면 반드시 신발을 거꾸로 신은 사람을 만나게 될 것이오. 그분이 곧 아미산의 산신령 무제보살임을 잊지 말고 그분의 뜻을 따르도록 하시오. 그리하면 젊은이의 소원은 이루어질 것이오."

노인과 헤어져 집으로 돌아오며 유심히 살폈으나 신발을 거꾸로 신은 사람은 만날 수 없었다. 밤 늦은 시간 집 대문에 이르러 덕보는 큰 목소리로 어머니를 불러댔다. 아들의 목소리에 어머니는 급하게 달려나왔다. 너무 급해 신발을 거꾸로 신고 있었다. 신발을 거꾸로 신은 사람은 어머니였다.

덕보는 아미산에서 만난 노인이 무제보살임을 깨닫게 된다. 어머니도 또 한 분의 무제보살임을 가슴 깊이 깨닫게 된다.

똥오줌 누는 일도
하겠지

행자 혜능이 인종 법사를 만나 삭발한 곳이 『육조단경』에는 광주의 법성사로 되어 있으나 지금은 광효사로 부르고 있다. 육조전(六祖殿)의 건물 안에는 미소를 띠고 있는 육조 혜능 스님의 동상이 모셔져 있다. 안내하는 광효사의 스님에게 내가 물었다.

"육조 스님은 모셔져 있는데 그 문제의 깃발은 어디에 있는 것입니까?"

그 스님이 대답을 못하자 내가 대신 말했다.

"지금도 바람에 펄럭이고 있질 않소, 저 나무며 숲이며 그대로가 깃발인데…."

돈황석굴을 돌아보며 함께 간 도반스님이 나에게 말했다.

"십일면관음(十一面觀音)보살의 얼굴 중에 어떤 얼굴이 관세음보살의 본래 얼굴이겠습니까?"

"마주보고 있는 얼굴이지요."

"돌아가면서 보면 열한 개의 얼굴을 모두 다 마주볼 수 있는데요."

"그렇다면 십일면(十一面) 그대로가 관세음보살의 본래 얼굴이지요."

도반스님이 다시 내게 물었다.

"수많은 석공들이 오랜 세월 동안 징과 망치로 부처와 보살상을 조각했는데 그들은 지금 어디에 있을까요?"

"그들은 부처와 보살이 되어 지금도 우릴 맞이해주고 있는 걸요."

유학생 몇이서 찾아왔다. 한 학생이 내게 말했다.

"스님께서 한국으로 돌아가시면 불교계에서 무슨 일을 하실지 우리는 궁금합니다. 미리 밝혀주실 수는 없으신지요?"

"있지."

"무슨 일을 하시겠어요?"

"일어나면 세수하고 양치질하겠지."

"그 밖에는 없습니까?"

"밥 먹고 똥오줌 누는 일도 하게 되겠지."

둘이 아닌
하나

큰 사찰의 입구에는 좌우로 기둥이 하나씩 있는 한옥 건물이 버티고 서 있는 경우가 많다. 그 건물에는 '불이문(不二門)'이란 현판이 걸려 있을 터.

통도사의 경우 좌우 기둥에 "입차문래(入此門來) 막존지해(莫存知解)"라고 쓰인 주련을 보게 될 것이다. 풀어쓰면 '이 문 안으로 들어온 사람은 분별과 집착심으로 인한 번뇌를 잠시 벗어두라'는 뜻일 거다.

또한 '불이문'이란 뜻은 '진리는 둘이 아니다'라는 교훈적인 의미가 담겨 있다. 너와 내가 둘이 아니요, 빛과 어둠이 둘이 아니며, 행복과 불행이 둘이 아니요, 진보와 보수가 둘이 아니라는 뜻이다.

닫힌 문을 열고 보면, 즉 마음의 문을 활짝 열고 보면 가리고

168

버려야 할 모서리도 없고 귀퉁이도 없고 변두리도 없다. 내 발길 닿는 곳이 세상의 중심이며 내가 이르는 곳마다 극락정토요 천국이다. 남 탓보다 내 탓이고, 한 생각만 접고 보면 한 울타리 안의 한 형제이며 한 가족의 자매이다.

서로가 서로에게 힘이 되고 의지처가 되어 싸움보다는 화해로 벽을 허물고 틈을 메꾸어, 오손도손 따스한 손 마주잡고 평화롭고 자유롭고 행복하게 살라는 교훈적인 가르침이다. 종교적인 이념과 갈등도 벗어 두고 이해와 배려로 둘이 아닌 하나로 살라는 의미도 담고 있다.

붓다의
딜레마

톨스토이의 장편 소설 〈전쟁과 평화〉는 세 가문을 중심으로 그 주변 인물을 끌어들이며 프랑스와 러시아의 전쟁 이야기와 사람 사는 이야기가 빼곡하게 짜여 있다. 그중 죽음에 이르러 평화를 찾는 젊은 방랑자 안드레이의 사연을 짧게 옮겨본다.

프랑스 침공으로 러시아의 전쟁은 날이 갈수록 치열해진다. 그 전쟁터에 젊은 방랑자 안드레이는 스스로 자원입대해 전쟁터에서 죽음을 맞게 된다. 한 번은 가벼운 부상이었으나 두 번째 부상은 치명적이었다. 그는 전투의 숱한 고비를 넘기면서도 방황의 꼭지점을 찾지 못한다. 삶의 빛에 목말라했던 것이다.

그는 회복 불가능한 죽음의 문턱에 이르러 약혼자인 나타샤를 곁에 두고 작별하며, 평화와 자유를 몸과 마음 가득히 받아들이며 누리는 것이다. 삶의 애착을 비로소 죽음에 이르러 벗어두고 평화의 주인공이 되는 것이다.

우리 주변에도 총칼이 없는 전쟁은 널려 있다. 상대를 죽여야 내가 사는 모순된 삶의 현장에는 안드레이처럼 긴 방황 끝에 죽음에 이르러 평화와 자유를 누리는 비극적인 사연도 이따금씩 얼굴을 내밀고 있다. 전쟁은 평화를 위한 선택이라지만 이 지구촌에서 전쟁은 말끔히 사라져야 한다. 전쟁은 전쟁일 뿐이다.

월남전쟁 때 한국의 어머니들은 파병된 아들의 무사귀환을 부처님께 빌고 또 빌었다. 베트남은 누구나 부처님을 믿고 있다. 총알과 포탄이 빗발치는 전쟁터에서 과연 부처님은 한국의 아들을 살릴지 베트콩이라는 월남인들을 살릴지….

전쟁이 터지면 부처님은 선택의 기로에서 방황할지 모를 일이다. 톨스토이는 젊은 방랑자 안드레이를 등장시켜 죽음에 이르러 평화를 찾는 아이러니를 아이러니하게 들려주고 있는 것이다.

두 개의 얼굴,
지킬과 하이드

지킬은 의사이면서 의학박사이다. 그는 인간의 양면성인 선(善)과 악(惡)을 분리하는 연구에 몰두하고 있었다. 주변의 반응은 관심 밖이었고 연구를 반대하는 동료까지 있었다. 그는 스스로 실험 대상이 되어 연구의 결과물을 주사로 자신의 몸에 주입한다. 하여 생겨난 것이 하이드다. 하이드는 쾌락과 유혹을 즐기며 지킬의 본성까지 잠식해 연구를 반대했던 동료까지 죽이게 된다. 하이드는 지킬의 약혼자까지 죽이려 하다가 결국 지킬에 의해 삶을 마감한다.

〈지킬과 하이드〉는 한몸이면서 천사와 악마로 나뉘어 살아가는 인간 내면성의 선과 악을 의인화한 레슬리 브리커시스의 책 내용을 줄인 것이다. 이처럼 사람의 마음속에는 천사와 악마가 함께 살고 있다. 지킬도 되고 하이드도 되는 것이다.

낮과 밤의 몸짓이 같지 않고 얼굴 바꿈을 즐기는 것이다. 집안에서는 인색한 좀팽이의 쪼다가 밖에서는 씀씀이 헤픈 도량 넓은 사람이 된다. 설교할 때 목사님은 거룩했으나 어둠의 그림자를 끌고 다닐 수 있고, 가사장삼 걸친 스님의 뒷모습에는 신도를 먹이로 삼는 속물근성도 일어서고 있기 때문이다. 열녀문(烈女門) 뒤에는 한 여자의 자유로운 몸짓이 숨어 있을 수 있고, 도덕군자 행세하는 유생에게도 비릿한 역겨움이 독버섯처럼 자라고 있을지도 모를 일이다.

　사람은 누구나 생각으로 윤회를 거듭하는 존재이다. 짐승도 될 수 있고 벌레도 될 수 있다. 빛이 될 수 있고 어둠도 될 수 있다. 지킬과 하이드는 또 다른 나의 모습이다.

천둥과 번개를
무기처럼 숨겨두고

제우스는 신들의 왕이다. 천둥과 번개, 하늘의 변화를 주재하는 신이다. 세계의 질서와 정의, 왕권과 사회의 위계질서도 다스리는 신이다. 그러나 제우스는 타고난 바람둥이이다. 본처인 헤라 몰래 신과 인간 사이를 오고 가며 수십 명의 아름다운 여자와 바람을 피우게 된다. 때로는 뻐꾸기가 되기도 하고 빗물이 되기도 하며 여자에게 접근하는 사랑의 속임수도 달인 수준이다. 그런 제우스가 세계의 질서와 정의를 다스린다니 엄청난 이율배반이다.

제우스 신은 또 하나의 사람이다. 명분과 실리를 앞세우는 위선투성이의 정치꾼처럼 목적 달성을 위해서는 가면놀이를 즐기는 타고난 바람둥이이기 때문이다. 긴 수염으로 남자 냄새를 풍기며 왼손에 들고 있는 벼락을 무기 삼아 지혜의 여신 메타스까지 집어삼키는 잔인한 짓도 서슴없이 자행한다.

우리네 생활 저변에는 디딤돌 같은 도움의 신도 있지만 걸림돌 같은 방해의 신도 숱하게 널려 있다. 그러나 한 생각 열고 보면 올림푸스 신전에 들락거리는 모든 신화 속의 신들은 다양한 욕구와 욕망을 다독이는 인간들의 또 다른 모습이다. 나의 닮은꼴 모습이다.

　　내 안에는 제우스 신이 산다. 그것도 손오공의 머리카락 요술처럼 수십 명의 제우스가 모여 산다. 올림푸스 모든 신들의 귀결처이다.

　　신은 신화 밖으로 빠져나와 내 몸과 마음속에서 빛과 어둠으로 윤회하며 산다. 천둥과 벼락을 무기처럼 숨겨두고.

보살의
삶

헤르만 헤세의 〈데미안〉은 누구나 즐겨 읽었을 것이다. 소설의 주인공 에밀 싱클레어는 규범이 반듯한 양반집 도련님으로 자라게 된다. 열 살이 된 싱클레어는 서서히 빛에서 어둠 속으로 기울며 방황의 길을 걷는다. 20대에 이르러 친구이자 선배인 막스 데미안을 만나 어둠의 사람에서 신을 닮은 빛의 주인공이 된다.

불교에는 관세음보살이 있고 문수보살과 보현보살도 있다. 아이들은 나에게 묻는다.

"저 보살들은 남자인가요? 여자인가요?"

대답이 쉽지 않지만 절반은 남자 절반은 여자라고 설명한다. 남자의 좋은 점과 여자의 좋은 점을 다 갖추고 남자로서 도울 일, 여자로서 도울 일을 찾아서 실천하는 분이 보살이기 때문이다.

소설 〈데미안〉에서도 빛과 어둠 사이에서 방황하는 싱클레어는 데미안을 스승 삼아 남자 반, 여자 반 인격의 완성자로서 신의 모습으로 끝맺고 있다.

세상살이를 엮어오며 싱클레어처럼 방황하지 않을 수 없고 데미안 같은 친구도 만날 터이다. 더러는 흔들리면서 더러는 방황하면서 눈물방울도 알게 되고 후회의 그림자도 남기는 것이다.

세월이 흐르면 누구나 철이 들게 되어 있다. 스핑크스의 생김처럼 얼굴은 사람이지만 몸은 짐승이 될 수도 있는 것이다. 천사와 악마는 둘이 아닌 하나이다. 빛과 어둠이 둘이 아닌 하나이듯이 긴 방황에서 더러 지름길도 발견할 수 있을 터이다. 절반은 남자 절반은 여자인 보살의 삶을 닮아갈 때이다.

수행의
완성

상락아정(常樂我淨)은 『열반경』에 등장하는데, 수행을 완성하면 네 가지의 덕(德)을 누리게 된다. 그것이 상락아정이다. 그러나 『열반경』에서는 구체적인 친절한 설명이 없다. 그러다 보니 눈높이에 따라 다양한 해석이 춤추고 있다. 정확한 설명은 이러하다.

불교에는 삼법인(三法印)이 있다. 제행무상(諸行無常)·제법무아(諸法無我)·일체개고(一切皆苦)가 그것이다. 세상의 무상함과 제법에 실체가 없음과 일체가 고통의 바다라는 현상계의 불교관인 것이다.

그러나 수행의 완성을 이루게 되면 제행무상이 제행유상(諸行有常)이 되는 것이다. 움직이는 것은 모두 아름답고 버릴 게 없는 그대로의 모습을 즐기는 것이다. 일체개고는 일체개락(一切皆樂)이 되는 것이다. 마음 열고 보면 울음바다가 웃음바다가 되기 때문이다. 슬픈 일도 생각 접으면 기쁜 일이 될 수 있듯, 일체가 다 즐거움에 이르는 행복과 평화, 자유 누림이 되는 것이다.

깨닫고 보면 제법무아가 제법유아(諸法有我)가 되는 것이다. 마음이 열리면 세상도 열리는 법, 누구도 나의 부모 형제가 될 수 있고 이웃이자 도반이 되는 것이다. 모든 사람이 나의 또 다른 모습, 분신일 수 있기 때문이다. 불교의 세계관인 사바세계가 깨닫고 보면 발길 닿는 곳이 정토요 만나는 사람이 부처 아님이 없다.

그러므로 부정적인 의미의 '사바예토(娑婆穢土)'가 아니라 긍정적인 의미의 '극락정토(極樂淨土)'라는 것이다. 하여, 수행 완성자는 상락아정을 누리는 오늘의 참 주인공이 되는 것이다.

신을 만드는 건
결국 사람이다

신과 길은 사람에 의해 만들어진다. 예전 사람들은 측간인 변소를 지키는 신이 있다고 믿었다. 그 이름이 측신(廁神)이다. 부엌을 지키는 신도 있었다. 부엌신의 이름은 조왕신(竈王神)이다.

예전에는 변소를 측간이라 칭했는데 사람의 주거지에서 비교적 먼 곳에 자리하고 있었다. 수세식이 아니라서 위생과 악취 때문이었을 것이다. 어둠 속에서 발을 헛디딜 경우 똥통에 빠질 수도 있었다. 전기불도 없던 시대라 측간에 가는 길은 멀리 느껴졌고 무섭고 두려웠을 것이다. 하여, 사람들은 측간을 지키는 귀신이 있다고 믿었고 그 신의 이름을 똥간을 지키는 신이라 하여 측신이라 했던 것이다. 부엌을 지키는 조왕신 역시 밥과 음식의 조리를 관장하는 부엌의 왕이라는 의미에서 조왕신이라 칭했다.

그러나 시대의 발전과 변화에 따라 측간은 화장실로 이름까지 바뀌어 안방으로 날아들었고 부엌은 싱크대로 화려하게 변신해 안방과 이웃하고 있다. 하여, 측신은 머물 곳을 찾지 못해 떠나갔고 조왕신은 인덕션과 가스 조리대에 불살라져 사라진 지 오래다.

요즘 아이들은 측신과 조왕신을 알지 못한다. 두 곳의 신은 사람들한테서 까마득한 곳으로 멀어져갔고 그 이름마저 잊혀진 지 오래다. 그렇듯 신과 길은 사람의 필요에 의해 만들어졌다가 필요하지 않으면 사라져버리는 것이다. 필요에 의해 신도 만들고 신의 이름도 지어주지만, 신을 버리기도 하고 그 존재를 까마득히 잊는 것도 사람이다.

신의 형상도 사람이 만들고 신의 모습도 사람이 종이에 그리는 것이다. 필요에 따라 상황에 따라 여러 가지 신을 만들어내지만 '필요 끝, 상황 끝' 일 때 신은 버려지고 잊혀지는 것이다. 신이 위대한 것이 아니라 결국 사람이 위대한 것이다. 모든 신은 사람의 상상력에서 태어났다가, 시대가 변하고 사람의 의식 발달에 의해 신을 멀리하면 신은 서서히 잊혀져 끝내 연기처럼 사라지는 존재이기 때문이다.

내 안의
아미타불

고려 말 공민왕의 스승이었던 나옹 스님께서 그의 누이에게 준 게
송이 있다. 너무도 유명한 널리 알려진 게송인데 당시 스님의 누이
는 아미타불을 친견하기 위해 정성을 다해 아미타불을 밤낮없이
염송하고 있었던 것이다. 그걸 지켜보며 나옹 스님은 누이에게 아
미타불을 안겨주는데 그 게송은 다음과 같다.

아미타불이여 어느 곳에 계십니까(阿彌陀佛 在何方)
마음 모아 간절하게 잊지 않고 찾나이다(着得心頭 切莫忘)
생각 생각이 다하여 생각이 없음에 이르니(念到念窮 無念處)
눈, 귀, 코, 입, 몸, 뜻 그대로 금빛 찬란한 부처인 것을(六門常放 紫金光)

그렇다. 아미타불은 십만팔천 국토를 지난 서방 극락세계에

멀리 계신 게 아니라, 마음만 열면 내 가까이 내 자신과 함께 있는 것이다. 아미타불을 밤낮으로 간절심으로 찾고 또 찾았으나 마음이 맑아져 생각마저 끊긴 절대적 생각 없음에 이르고 보니, 아미타불과 나는 둘이 아닌 하나임을 깨닫게 되는 것이다.

눈, 귀, 코, 입, 몸. 뜻 이대로가 부처요. 움직이는 진리임을 알게 되는 것이다. 서방의 극락세계는 따로 있는 게 아니라 마음이 열리면 발길 닿는 곳이 정토 아님이 없고 만나는 모든 사람이 부처 아님이 없을 터이다. 그러므로 발길 닿는 곳이 용화세계요, 이웃사촌이 미륵불인 것이다.

진리는 멀리 있거나 높은 곳에 있거나 깊은 곳에 숨어 있는 게 아니라 언제나 드러나 있는 것이다. 물처럼 공기처럼 자갈처럼 빨래처럼 널려 있는 것이다. 그러므로 아미타불은 서방의 극락세계에만 머무는 것이 아니라 간절심으로 마음 모아 정진하면 내가 그대로 아미타불이 되는 것이다. 극락세계 또한 멀리 있는 게 아니라 내가 머무는 초가삼간이 정토일 수 있으며 부모 형제 또한 내가 모셔야 할 하나의 아미타불임을 잊지 말 일이다.

나는 나이고
너는 너이듯

성 안내는 그 얼굴이 참다운 공양구요(面上無瞋 供養具)

부드러운 말 한마디 미묘한 향이로다(口理無瞋 吐妙香)

깨끗해 티가 없고 진실한 그 마음이(心理無瞋 是眞實)

언제나 한결같은 부처님의 마음일세(無念無垢 是眞常)

이 게송은 〈문수동자게(文殊童子偈)〉로 알려져 있으나, 이 게송을 전한 무착 스님의 게송이기도 하다. 어떤 설화든 그 주인공이 전하는 메시지에는 그 설화를 만든 작자의 사상과 철학이 설화의 주인공을 통해 대변되기 때문이다.

　　무착 스님이 반야사 문 밖에서 동자를 만났는데 그때 동자가 들려준 것이 앞의 게송이고 동자는 곧 문수보살이라는 것이다. 무착 스님은 다시 문수보살을 만난다. 장작불을 지펴 팥죽을 끓이고 있을 때 모락모락 피어오른 팥죽의 김을 타고 문수보살이 나타난다. 그때 무착 스님은 문수보살을 향해 합장 인사 대신 팥죽을 젓고 있던 주걱으로 문수보살의 뺨을 갈기며 내뱉는다.

"문수는 네 문수지 내 무착이 될 수 없다. 무착 이대로가 무착이거늘 문수 따윈 필요 없다."

이쯤 되어야 조어장부(調御丈夫)라 할 터이다. 주걱으로 문수보살의 뺨을 갈긴 무착 스님을 만나고 싶다. 열린 사람이라면 그 정도는 되어야 한다. 법당에 모셔진 부처니 보살이니 번거로움만 더할 뿐이다.

마음 열어 오늘의 주인공이 되면 이르는 곳마다 극락세계요 만나는 사람이 모두 부처 아님이 없는 것이다. 나는 나이고 너는 너이듯 부처가 오늘의 내가 될 수는 없다. 내 모습 이대로가 또 하나의 부처이기 때문이다.

이 마음이
곧 부처요

중국의 사찰 입구에 가면 '심외무불(心外無佛)'이란 현판을 자주 보게 된다. '마음 밖에서 부처를 찾지 말라'는 의미이다. '즉심시불(卽心是佛)'이란 말도 있다. '이 마음이 곧 부처'라는 뜻이다. 또한 '생활시도(生活是道)'라는 말도 같은 뜻이다. '일상생활 그대로가 진리 아님이 없다'는 뜻이기 때문이다.

그러나 그 뜻을 마음으로 녹여 생활에 옮기기란 결코 쉬운 일이 아니다. 법당에 모셔진 나무로 만든 부처, 쇠로 만든 부처보다는 내 집이 영험 있는 도량이요 부모와 형제자매가 움직이는 또 다른 부처이다. 부모의 은혜, 형제자매들의 끈끈한 정은 일상생활에 있어 힘이 되고 울타리가 되고 디딤돌과 버팀목이 되어 행복에 이르는 지름길이 되기 때문이다.

사람은 누구나 행복하고 평화롭고 자유 누리길 희망한다. 진리 또한 행복하고 평화로운 곳에 있다. 마음의 빗장을 열고 보면 미운 사람이 고운 사람이 되는 것이다. 소홀했던 일이 소중한 일이 되는 것이다.

내가 이럴 수 있듯 타인도 그럴 수 있다. 생각이 바뀌면 운명도 바뀌는 법이다. 마음이 열리면 세상도 열리는 법이다. 습관의 고리를 끊고 집착심을 줄여나가면 만나는 사람이 좋은 벗이요 스승임을 알게 된다. 일체의 모든 것은 마음으로 만들어가는 것이다. 마음 밖에서 부처를 찾지 말라. 마음이 곧 부처요 일생생활 그대로가 진리 아님이 없다.

『화엄경』에 보면 삼보(三寶)를 세 가지로 구분해 설명하고 있다. 첫째가 주지삼보(住持三寶)인데 흙과 종이, 돌과 나무, 쇳덩이를 녹여 부처님의 형상을 만들어놓고 지극정성으로 예배하고 마음을 모아가는 신앙을 의미한다.

둘째는 별상삼보(別相三寶)이다. 나무를 깎고 돌덩이를 다듬어 부처의 형상을 만드는 게 아니라 아름드리나무 그대로 바윗덩이 있는 그대로가 부처의 또 다른 모습이라는 것이다. 큰 나무와 큰 바윗덩이로 많은 부처를 조각할 수 있는 것처럼 인위적인 노력보다 자연 모습 그대로 부처임을 알라는 교훈적인 의미를 담고 있다.

셋째는 동체삼보(同體三寶)이다. 기도 도량이 사찰에만 있는 게 아니라 머무는 초가삼간도 훌륭한 기도 도량이며, 부처님이 법당에만 모셔져 있는 게 아니라 부모와 형제자매가 살아 움직이는 또 하나의 부처라는 것이다. 이것은 진리가 멀고 높은 곳에 박혀 있는 게 아니라 마음만 열고 보면 내 안에 두루 갖춰 있어 물처럼 공기처럼 가까이 있음을 말하는 것이다. 생각만 열리면 행복과 평화 자유의 빛줄기가 내 마음 속의 등불이 되어 둘레를 환히 비출 수 있다는 것이다. 이것이 동체삼보에 대한 바른 해석이다.

타력 신앙의 귀결처는 자력 신앙임을 잊지 말아야 한다. 사닥다리에 오르듯 하여 신앙은 날이 갈수록 그 시야가 트이고 열려야 하는 것이다. 우물 안 개구리가 되어 부처님의 바른 정법도 만나지 못하고 운명론 쪽으로 기울어서는 안 된다.

물론 주지삼보, 별상삼보, 동체삼보는 셋이 아닌 하나이다. 중생들의 근기에 따라 나뉘어 셋일 뿐 귀결처로 모아짐은 하나인 것이다. 다만 요행심을 앞세우며 부끄러운 신앙으로 흔들리지 말 일이다. 불교는 구원의 종교가 아닌 깨달음의 종교이다. 깨달음에 이르기 위해 부처님의 경전을 가까이하며 게으름 없이 열린 자세로 살 일이다.

늙은 코끼리의
지혜처럼

불교의 생명력은 수행에 있고 수행의 완성은 교화와 실천에 있다. 불교의 팔정도(八正道)는 여덟 가지 바른길을 말한다. 하여, 팔정도는 불자라면 누구나 실천해야 할 평화와 행복, 자유를 누릴 수 있는 생활 덕목이다.

첫째가 정견(正見)이다. 하루의 일과는 바로 보는 것으로 시작되어야 한다.

둘째는 정사(正思)이다. 바른 생각에서 바른 행위가 따르는 것이다.

셋째가 정어(正語)이다. 바른 말은 평화의 상징이다. 바른 말은 세상을 올바르게 열어가는 지혜이다.

넷째가 정업(正業)이다. 업은 행위이다. 바른 행동으로 마음을 편히 하고 타인 또한 불편함을 덜어주는 올바른 행위는 평등 정신의 지킴이다.

다섯 번째는 정명(正命)이다. 생명을 이어감에 있어 바른 생활 바른 직업이 평화를 불러들인다. 목적이 좋으면 수단도 방법도 좋아야 한다.

여섯 번째는 정정진(正精進)이다. 사람은 누구나 바른 노력에 의해 결과물의 수확을 거둬들일 수 있다. 쉼 없는 바른 노력이 결국 성공에 이르게 한다.

일곱 번째는 정념(正念)이다. 정념은 맑고 밝은 정신세계이다. 정신이 흐릿하면 몸도 중심을 잃고 흔들리게 되어 있다. 정신력은 기적을 몰고 올 수 있다. 불교는 깨달음의 종교이자 마음 수련의 종교이다. 팔정도에 정념이 끼어 있음을 방점 찍어 주목할 일이다.

여덟 번째는 정정(正定)이다. 정정은 바른 지혜이다. 속지도 않고 속이지도 않는 바로 보는 지혜, 봄[見]과 앎[知]을 이룬 것이다. 코끼리 무리를 이끌고 물을 찾아 앞장서는 늙은 코끼리의 지혜처럼.

나누고
베푸는 마음

중생이 부처가 되기 위해서는 여섯 가지 실천을 근본 덕목으로 생활화해야 한다. 나눔[布施], 지킴[持戒], 참음[忍辱], 노력[精進], 고요[禪定], 지혜(智慧)가 그것이다. 여기에서는 나눔에 대해 이야기하려 한다.

보시란 나누고 베풀며 일깨워주고 마음을 함께함을 의미한다. 매듭을 풀어주고 굽은 곳을 펴주며 막힌 곳을 뚫어주는 것이 보시 정신이다. 두려움을 덜어주고 마음을 편히 해주며 부드러운 말로 칭찬해주는 것도 보시이다. 목마른 자에게 물을 주고 굶주린 자에게 밥과 빵을 나누어 주며 헐벗은 자에게 옷을 주고 길 잃은 자에게 길을 안내해주고 어둠 속에서 헤매는 자에게 등불이 되어 주는 것이 보시이다.

하여, 생산적인 일을 하며 노동의 대가로 거둬들인 수확물을 나누는 행위가 재가자의 몫이라면, 정신 수행을 생활의 덕목으로 삼아 경전을 중심으로 자유와 평화, 행복에 이르는 길을 일깨워주는 것이 출가자의 의무일 것이다.

물론 마음 닦아 깨달음에 이르는 데 재가자 출가자 구분이 없는 것은 당연한 일이다. 출가자가 우월하고 재가자가 열등할 리 없을 터인데, 출가자는 앉아서 절 받고 재가자는 서서 큰절하는 풍토도 사라져야 할 보시 정신에 어긋난 행위이다.

인도의 유마힐 거사, 중국의 방 거사, 한국의 부설 거사는 삭발하지 않았으나 깨달음을 성취한 거사 부처님이셨고, 육조 혜능도 수계 이전 행자의 신분으로 깨달음을 이뤄 신수를 비롯한 천여 명의 대중스님을 뒤로하고 육조의 지위에 오르게 되었음을 잊지 말 일이다. 보시는 나눔이다.

받는 불교에서 나누고 베푸는 불교로 탈바꿈하는 것, 이것 또한 하나의 큰 보시라는 걸 잊지 말 일이다.

본래
사랑이라는 것은

『열반경』에 보면 받아들이는 섭수(攝受)의 자비와 때리는 절복(折伏)의 자비가 등장한다. 섭수자비는 어머니이고 절복자비는 아버지이다. 어머니는 아이를 돌보고 기르는 마음으로 모든 것을 절대적 사랑으로 감싸안는다. 이것이 받아들이는 자비인 섭수이다. 반면 아버지는 엄격한 교육으로 아이의 잘못을 지적하고 나쁜 버릇을 고쳐가며 바로잡으려 노력한다. 이것이 때리는 자비인 절복이다. 어머니의 섭수도 자식에 대한 사랑이요, 아버지의 절복도 자식에 대한 사랑에서 비롯된다.

그러나 요즘은 어머니와 아버지의 역할이 뒤바뀐 가정도 흔하다. 다만 보살이 중생을 교화함에 있어 하나에서 열까지 받아들이는 자비가 있을 것이고, 지나침과 넘침을 경계해 꾸짖고 타이르는 회초리 같은 자비도 필요할 터이다.

어린 시절부터 소아마비를 앓아 걸음걸이가 불편한 아이가 있다고 하자. 그걸 지켜보는 어머니는 아이가 안쓰러워 몇 번이고 아이를 품에 안고 속울음을 참아내며 아이가 잠시 걸음을 멈추고 쉬게 한다. 이것이 섭수자비인 것이다. 그러나 아버지는 쉬고 있는 아이를 일으켜세워 야단도 치고 몸의 균형을 잡아주며 다시 걷게 하는 호된 훈련을 시킨다. 이것이 절복자비인 것이다.

어머니도 아버지도 소아마비 아이를 사랑하고 있으나 그 방법의 차이가 드러날 뿐이다. 섭수와 절복은 둘이 아닌 하나이다. 종이 한 장 사이로 중생을 교화하는 보살의 자비가 둘로 나뉘어 그 색깔과 무게만 달리하고 있을 뿐이다.

부모는 가정에서 아이를 키우며 부드러운 말과 거친 말을 바꾸어 가며 사용한다. 부드러운 말에도 사랑이 담겨 있고 거친 말에도 사랑은 담겨 있다. 다만 부모는 자식에 대한 교육과 훈육의 방법에 따라 꽃을 들 수도 있고 회초리를 들 수도 있다. 받아들이는 자비도 사랑이고 때리는 자비도 사랑이기 때문이다.

소림사에서의
화끈한 추억

중국 소림사에서 얼마 동안 머물 때의 일이다. 진시황제의 병마용 등을 둘러본 후, 서안(西岸)에서 정주(鄭州) 가는 밤기차를 탔는데 옆 자리의 손님이 소림사의 무술 사범이었다. 그는 다섯 살 때부터 무술을 익힌 스물다섯의 젊디젊은 스님이었다. 고향이 하얼빈인데, 아버지가 병환 중에 있어 3년 만에 고향집에 다녀오는 길이라고 했다.

그런데 스물다섯 살의 소림사 스님은 승복을 입지 않고 헐렁한 바지에 색 바랜 노란색 라코스테 윗도리를 입고 있었다. 소림사 스님들은 경우에 따라 승복을 잠시 벗어두고 일반인 복장을 할 수 있다는 게 그의 설명이었다. 그는 나의 옷차림과 삭발한 머리 등을 보고 한국의 승려임을 이미 알고 있었다며 수줍게 웃는 것이었다.

외국인이 중국을 여행하며 가장 자주 듣는 소리는 아마도 '팅부동[听不懂]'이란 말일 게다. 팅부동이란, 말을 해도 그 뜻을 알아

듣지 못할 경우 중국인들로부터 듣는 소리다. 두 사람 사이에 팅부 동이 생길 경우 번번이 글씨를 써서 서로의 뜻을 전하고 알아차렸 다. 한문 글씨에 겁을 먹고 있는 서양인들은 팅부동 외에도 '칸부 동[看不懂]'이란 소리를 덤으로 듣게 된다. 글씨를 써도 뜻을 모르 는 경우에 듣게 되는 말이다.

소림사에 당도하고 보니 그는 하늘같이 높은 소림무술의 고 수(高手)였다. 그의 특별한 배려와 협조에 의해 보름간만 머문다는 조건 아래 이튿날부터 무술 초입반에 들게 되었다. 소림사 주변에 는 무술학교가 여러 곳 자리하고 있었는데, 어린 학생들이 마치 학 과처럼 일과처럼 낮이고 밤이고 무술을 익히는 것이었다. 나는 나 이도 지긋하고 한국의 승려임이 감안되어, 승려들만이 연마하는 특별반에 특차 형식으로 편입될 수 있었다.

그러나 첫날부터 기합이 엄청나고 어찌나 고된지, 그리고 어 린 스님들의 시어머니 행세 또한 드세어서 앞으로 넘겨야 할 보름 이 아득하게만 느껴지는 것이었다. 밥도 서서 먹되 가랑이를 땅에 박혀 있는 두 개의 통나무 위에다 아슬아슬하게 걸쳐놓고 먹어야 하고, 식사 후 그릇을 설거지통에 던질 때에도 10cm쯤 떨어져 있 는 물 담긴 통에 정확하게 들어가게 해야만 했다.

나는 한국의 육군에서도 기합과 고된 교육으로 널리 알려진 제1하사관학교 출신인데, 소림사의 기합과 고됨은 난생처음 겪는 피눈물과 긴장의 연속이었다. 기차 칸에서 사귄 사람 좋아 보이던 스물다섯 살의 고수는 이미 무시무시한 지옥의 사자가 되어 있었다. 글자 그대로 안면몰수였고 네가 나를 언제 아느냐는 식이었다.

소림사에 온 지 일주일쯤 지났을 때의 일이었다. 목욕하기 위해 총알처럼 빠르게 땀에 저린 옷을 정해진 자리에 걸어두고 밖으로 뛰쳐나갈 때의 일이다. 벽에 박혀 있는 옷걸이 못에 옷을 걸쳐두고 서둘러 돌아서는데 옷이 옷걸이에서 바닥으로 떨어지는 것이었다. 누구라도 볼까 봐 다시 서둘러 걸고 돌아서는데 또 옷이 바닥으로 떨어지는 것이었다. 그것도 두 번이 아닌 세 차례나 거듭되었다.

순간 화가 치밀었지만 섬광처럼 나의 뇌리를 스쳐가는 빗줄기가 있었다. 벽이 살아 있는 것도 아니고 옷걸이 못이 장난친 것도 아닐 터이다. 다만 나의 급히 서두르는 손놀림에 문제가 있었을 뿐이다.

나는 목욕탕 안에서 훨훨 날고 있었다. '동작 그만'이라는 소리가 들려오건 말건 나는 마치 실성한 사람처럼 같은 말을 거듭해서 되뇌고 있었다. 이것이 있으므로 저것이 있고 저것이 있으므로 이것이 있고.

빤히 알고 있는 일이었지만 뼈가 되고 살이 되는 순간이었다. 원인과 결과는 둘이 아닌 하나였다. 세상을 살아가면서 누구도 탓할 일이 아니었다. 모든 것이 네 탓이 아닌 내 탓이었다.

그런 일이 있은 후 나의 급하고 거친 성격이 잦아들기 시작했다. 화를 내는 경우에도 절차를 밟기 시작했다. 생각이 바뀌면 성격이 바뀌고 성격이 바뀌면 운명도 바뀌는 값진 체험이자 산 교훈의 빛줄기 같은 은혜였다.

197

5장

좋은 스승 착한 벗,
참된 수행자로 산다는 것

윤회란
무엇인가

죽어서 간다는 윤회의 세계를 이야기하기에 앞서, 살아생전에도 우리는 끊임없이 육도윤회를 거듭하고 있다. 행복을 느끼는 마음이 천상이라면 불행을 당하는 그 마음은 지옥에 머무는 것이나 다를 바 없다. 재물과 명예가 높아 인간의 부를 만끽하며 사는 사람이 있는가 하면, 하루 세 끼를 해결하는 데에도 고달픔이 그림자처럼 따라다니는 배고픔에 시달린다는 아귀나 다를 바 없는 삶을 이어가는 사람도 있다. 몸은 사람이지만 마음이 축생 같은 사람은 축생이나 다를 바 없을 것이고, 싸움과 전쟁을 일삼는 자는 아수라의 다툼 세계에 사는 거나 별반 다를 수 없기 때문이다.

마음이 닫혀 있으면 지옥이요, 열려 있으면 천국이다. 부족함을 느끼지 않는다면 행복한 사람이요, 불만과 권태로움 속에서 허덕인다면 그는 불행한 사람이다.

오늘의 세계를 접어두고 심지어 포기까지 하고, 내일의 죽음 저쪽 세계에만 집착하지 말 일이다. 오늘도 제대로 살아가지 못하면서 내일에 있다는 저쪽 세상의 영화를 바라고 있다면 마치 생일잔치 한 번 벌이기 위해 아흐레를 굶는 어리석은 자나 다를 바 없기 때문이다.

오늘이 더욱 중요하고 또한 생생하다. 막연한 희망사항으로 몸 망가지고 마음마저 병들지 말 일이다. 오늘을 넉넉하게 부지런하게 사는 사람은 오늘에 만족한다. 오늘의 주인공도 되지 못한 사람이 내일의 주인공이 되겠다며 오늘을 헤프게 풀어쓴다면 그의 내일은 실패작일 게 틀림없다. 사람이 살아 있는 한 언제나 오늘이다. 오늘의 영광을 포기하지 말 일이다.

지리산 실상사 도반 모임에서 윤회에 대해 나눈 대화를 옮겨본다.

한 스님이 말하였다.

"초기 경전인 아함부에서는 아트만(ātman)의 부정인 무아(無我)가 많이 등장하지만, 후기 경전인 방등부 경전에서는 수많은 부처와 보살들이 등장하며 전생과 내생에 대한 언급이 많습니다. 누가 이에 대해 명쾌하게 그 원인을 설명해주셨으면 합니다."

하여, 내가 말하였다.

"부처님 생존 시엔 여섯 사상가[六師外道] 등 많은 학설이 민중 속으로 파고들 때입니다. 그러나 부처님께서는 현실적으로 증험되지 않는 관념론적 주장을 연기법칙(緣起法則)과 중도사상으로 논증하며 인정하지 않습니다. 세월이 흘러 대승경전인 방등부가 출현할 쯤엔 바라문교 중심의 여러 종교 세력이 불교 교세 확장에 위험 요인으로 등장합니다. 이에 타 종교와의 충돌과 불협화음을 완화하기 위해 다른 학설을 불교 교리에 용해하며 받아들이는데 그 대표 사상이 '윤회사상'입니다.

그러나 방등부 경전의 최고봉으로 일컬어지는 『화엄경』에서는 마음 중심의 '일체유심조' 사상 그리고 『법화경』에서는 사람이 부처라는 인불사상(人佛思想)이 등장해, 육도윤회 또한 당생윤회(當生輪廻)이며 이르는 곳이 정토(淨土)임을 밝히고 있음을 깊이 살필 일입니다.

나가르주나의 『중론(中論)』과 『십이문론(十二問論)』, 그리고 제바보살의 『백론(百論)』에서 거듭거듭 육체의 주인이라는 영혼의 존재인 아트만을 부정하고 있습니다. 『백론』에서 제바보살은 '만약 영혼이 있는데도 없다고 말한다면 이는 매우 사악한 무리일 것이다. 그러나 영혼이 있지 않아 없다고 말한다면 무슨 허물이 있겠는가. 진실의 눈으로 살피고 또 살펴보면 영혼 따위는 실재하지 않는다(若有神而 言無 是爲惡私若無神而 言無 此有何過 啼觀察之 實無有神).'고 설하고 있습니다.

불교의 대표적 가르침은 연기법칙과 중도사상입니다. 연기법칙과 무아는 결코 둘이 아닌 하나입니다. 윤회는 살아서 누구나 겪게 되는 생각의 윤회, 당생윤회임을 알아야 합니다."

불교는 전생과 내생을 위한 종교가 아니다. 바로 현생, 오늘의 종교임을 살피고 오늘의 주인공으로 현재의 삶을 자유롭게 살 일이다.

일방통행식의
신앙 강요

신앙은 사닥다리 오르듯이 해야 한다. 사닥다리를 한 매듭씩 밟고 오르면, 오른 만큼 시야가 넓어져야 한다. 신앙인의 연륜이 깊어질 수록 말과 행동에서 향내 나는 일이 많아진다면 그는 스스로 구원을 완성한 자요, 자기를 바로 본 자일 것이다.

경찰청의 전신(前身)이었던 치안본부에서 '경승실장'이라는 소임을 맡아 6년 정도 머문 적이 있다. 그때 교통사고 처리를 지휘하는 담당 경찰관들이 한결같이 내게 들려준 말이 있다. 어느 종교에 속한 신앙인인 경우, 따지는 게 많아 상대하기 피곤하고 힘들다는 것이다.

종교인도 사람이요, 무종교인도 사람이다. 사람에 따라 다를 수 있겠지만 일선의 교통 관련 경찰관들이 느끼는 공통분모가 어느 종교의 신앙인들을 상대하기 힘겨운 무리들로 인식하고 있다면 작은 문제는 아닐 터이다. 따지기 좋아하고 인색하며 남의 의견을 존중하지 않고 자기주장만을 일삼는다면 피곤한 사람으로 분류될 게 뻔한 일이다.

민주시민의 기본 권리라며 불복종할 권리, 알아야 할 권리, 보호받아야 할 권리를 마치 입버릇처럼 달고 산다면 그는 민주투사도 아니요, 민중의 대변인일 수 없을 것이다. 신앙이 깊어질수록 말보다는 행동이 앞서야 한다. 양보의 미덕도 몸으로 보이고, 상대를 존중하는 일상의 생활도 그대로 생활화되어야 한다.

종교에는 국경이 없으나 종교인에게는 사랑하는 조국이 있는 법이다. 내 종교, 내 신앙이 존중되고 널리 퍼져나가길 바란다면 스스로 말과 행동에 억지가 없어야 한다. 일방통행식 신앙을 강요해서는 안 되는 것이다.

부부끼리도 종교가 다를 수 있고, 가족끼리도 신앙이 통일되지 않을 수 있다. 그렇긴 하나 종교가 다르고 신앙이 같지 않다고 하여 이단시하거나 거리를 두며 벽을 쌓지 말 일이다. 대화를 하되 상대 신앙을 존중해주는 대화의 기본 틀은 지켜져야 한다.

십자군 전쟁이 역사에서 증명하듯 국가 간에도 종교분쟁으로 나라가 망하고 민족이 분열되고 있는 현실이다. 구호에만 그치지 말고, 제발 마음의 닫힌 빗장을 열어 대화다운 대화를 나누도록 하자. 하여 이 땅에 종교분쟁이 일어나지 않게 민족끼리 이웃끼리 사닥다리 오르듯 트인 안목으로 열린 대화를 나눌 수 있게.

맹물
술잔치

중국의 고전(古典)에서 만날 수 있는 오래된 이야기 하나 해야겠다.

하루는 임금이 나라의 대신 각료들에게 말하였다.

"사흘 후 궁궐 어전에서 저녁 잔치를 벌일 생각이다. 다만 참석자는 대신들로 국한해 조촐한 모임이 될 것이다. 대신들은 각자 집에서 아끼는 술이 있거든 한 병씩만 가져오도록 하라. 커다란 항아리를 준비해둘 터이니, 그 술독 항아리 안에 각자 준비해온 술을 부어 모두가 나누어 마시도록 하자. 다만 두 병을 가져와서도 안 된다. 아끼는 명주(名酒) 한 병씩만 가져와 술독 항아리에 부으면 된다."

하여 사흘이 지난 날 저녁에 대신들은 너나없이 술 한 병을 들고와 어전에 마련된 술항아리에 어김없이 부어넣었다. 임금은 대신들에게 술잔을 골고루 나누어준 후 술항아리에서 한 잔씩 떠서 요즘처럼 '브라보'를 외쳤던 모양이다.

그런데 명주로 어우러진 짙은 술 향내가 나야 할 술잔은 맹물 맛 그대로였다. 술이 아닌 맹물이었던 것이다. 임금님의 명령이요, 임금님과 함께하는 만찬 자리였다. 대신들이 가져온 술들은 모두 가보 급의 명주들이어야 하지 않겠는가. 그런데 대신들은 모두 같은 생각을 했던 것이다.

'나 한 사람이 맹물을 명주 병에 담아간다고 해도, 어차피 큰 항아리 속에서 희석될 것이니 절대 들통 날 리 없겠지.'

맹물을 들이킨 임금도 놀랐지만, 맹물을 명주랍시고 위장해온 대신들도 모두 놀라긴 마찬가지였다.

자, 이쯤에서 고전에서 현실로 돌아와보자.

색깔과 무게는 다를지 모르지만 맹물 대신들은 수두룩할 터이다. 어느 국가 어느 사회든 그 조직을 좀먹고 기울게 하는 것은 외부의 요인보다는 내부의 원인이 더욱 많은 법이다.

칭찬에도 거짓과 진실이 있고, 바른말에도 자리(自利)와 이타(利他)가 있는 법이다. 희생과 봉사에도 이름 석 자가 따라다닐 수 있고, 종교의 신앙에도 엷음과 두터움이 끼어들 수 있는 것이다. 내 주변을 살피기 전에 나는 맹물 쪽인지, 아니면 명주 쪽인지 한 번쯤 되돌아볼 일이 아닐 수 없다.

진리의
북소리

인생의 절반은 밤이다. 70년을 살 경우 35년은 밤으로, 누워서 보
낸 셈이다. 거기다가 철모르던 어린 시절을 빼고 나면 눈떠 생활한
시간은 지극히 짧다. 행복해하며 만족스러워하는 시간은 더더욱
졸아든다.

하여, 사람들은 허무감을 느낀다. 무상함을 느끼는 것이다. 왜
사는지 삶의 의미가 무엇이며 어떻게 살아야 하는지에 대해 회의
와 좌절을 거듭 느끼고 있는 것이다. 누구나 철이 드는 나이에 접
어들면 종교적인 신앙을 필요로 한다. 세상일이 덧없고 삶의 의미
가 부질없이 느껴지기 때문이다.

그러나 종교계의 성직자들은 쉬운 진리보다는 구름 잡는 진
리를 즐겨 들려준다. 혼란과 방황이 그들에게 좋은 먹이가 되기 때
문이다. 진리는 숨어 있는 게 아니다. 우리의 생활공간에 물과 공

기처럼 가까이 널려 있는 것이다. 다만 많은 사람들이 진리와 함께 있으면서도 진리인 줄 모를 뿐이다. 생각의 대전환이 이루어지지 않았기 때문이요, 마음이 닫혀 있기 때문이다. 깊은 잠에서 철저히 깨어나도록 진리의 북소리를 울려주고 싶다.

사람이 사는 이유는 누구나 한결같다. 행복하기 위해 보다 나은 행복을 위해 살아가는 것이다. 종교의 신앙 쪽으로 기울어지는 것도 행복한 몸부림이다. 영원한 자유, 걸림과 막힘이 없는 자유인에 이르기 위한 것이 신앙의 생명일 수 있기 때문이다. 하여, 신앙은 깊어질수록 시야가 트여야 한다. 사닥다리에 오르듯이 끊임없이 허물을 벗어내야 한다. 마음의 눈을 뜨고 마음의 닫힌 창문을 열어야 한다.

남아 있는 생명은 유한한 것이다. 생명의 실타래를 함부로 풀어 쓰지 말고, 소중한 생명을 연습용으로 소모시키지 말 일이다. 진리의 바다에 실오라기라도 담가 열린 진리의 빛줄기 속에서 살아가자. 꿈속에서 호랑이를 만났다고 두려워할 일이 아니다. 꿈에서 깨고 눈을 뜨면 호랑이가 아닌 광명천지가 그대의 것이다.

꿈속에서 헤매는 따위의 방황에서 되돌아와 당신 스스로 참사람이 되도록 노력해 보자. 언제 꺼져갈지 모르는 소중한 당신의 남은 삶을 위해.

좋은 스승
착한 벗

불교에서 말하는 선지식(善知識)은 세간에서의 도인(道人)을 의미한다. 세간에서의 도인은 미래를 예견할 수 있고 길흉사를 앞당겨 볼 수 있으며, 어찌 보면 초능력의 신비에 싸인 사람일 게다.

그러나 불교의 선지식은 참사람을 뜻함이다. 누구에게나 좋은 스승이 될 수 있고, 누구에게나 착한 벗이 될 수 있는 사람을 의미하기 때문이다. 스승 중에도 큰 스승이 있듯이, 사람 중에도 참사람이 있는 것이다.

언제 만나도 마음이 편한 사람, 훈훈하며 온몸으로 미소 짓는 사람, 꾸밈 없이 있는 그대로 열을 보여도 하나를 숨기지 않는 사람, 가슴을 열어 말하고 마음을 열어 무엇이든 받아들이는 어린 시절의 어머니 같은 사람, 티 내지 않고 뽐내지 않으며 으스댐이 없는 사람, 늘 그립고 바라만 보아도 마음이 맑아지는 소녀의 수줍은 미소 같은 사람, 온돌방의 아랫목 같고 추위를 감싸는 실크 목도리, 아니 100% 울로 된 목도리, 속내의 같이 편한 사람, 너와 나의 영혼마저 편히 쉴 수 있는 그런 사람이 늘 그립다. 그런 사람이 참사람이다.

불교의 수행승들이 나르나바(열반)의 최고 경지에 도달하면, 그리하여 마음이 활짝 열린 선지식이 된다면 당연히 참사람이 되어 있어야 한다. 겉으로 위엄의 날이 서 있고, 안으로 빈틈없는 앎과 봄으로 가득 차 있다고 해도 사람 냄새를 잃게 된다면 그는 수행승도 선지식도 아닌 것이다. 예수와 부처가 거만스럽게 내숭 떨며 으스댄 일은 없지 않은가.

지친 자에게 휴식처가 되고, 목마른 자에게 물이 되며, 배고픈 자에게 밥이 될 수 있는 사람, 그런 사람이 이 시대에 필요한 선지식임을 잊지 말 일이다. 말씀도 거룩하게 행동도 거룩하게, 거룩한 병에 걸려 있는 사람들은 이 시대가 원치 않는다. 말씀도 편하게 이웃처럼 오누이처럼 누구에게나 좋은 스승이 될 수 있는 사람, 누구에게나 착한 벗이 될 수 있는 사람, 그런 사람이 참사람이자 참선지식일 테니까.

그대 죽비소리에서
자유로운가?

한국불교의 대표종단인 조계종에만 100여 곳의 선원이 있는데 여름과 겨울 3개월 동안 선방에 안거하며 정진(精進)하는 대중이 2,000여 명에 이른다. 이들 대중 중에는 수십 년을 한결같이 선원에서 참선수행을 거듭해온 베테랑 구참(久參)스님들이 많이 있는 것으로 알고 있다. 대단한 분들이 아닐 수 없다. 참선한답시고 앉아보면 한 시간도 지겨울 수 있고, 몸이 뒤틀릴 수도 있다. 그런데도 안거 기간이 되면 선원마다 수행승들이 몰려 해마다 선원의 전성시대를 맞이하고 있다. 게다가 일생을 한결같이 오로지 참선수행만을 즐기며 정진에 정진을 거듭하는 스님들이 숱하게 많다니, 한국불교의 희망이자, 밝은 미래를 보는 느낌이다.

옛 속담에 닭이 천 마리면 봉(鳳)이 한 마리라는 말이 있다. 그렇다면 선사가 많은 만큼 선지식 출현 소식도 종종 있을 법하다.

그런데 유감스럽게도 이 땅의 불교계, 특히 선학계(선원 포함)에 선사는 많으나 선지식은 매우 드물어 아쉬움이 적지 않다.

왜일까? 왜 100여 곳이 넘는 선원에서 2,000여 명의 스님들이 두 눈 부릅뜨고 졸음을 털어내며, 밤낮없이 가행정진(加行精進)과 용맹정진(勇猛精進)을 거듭하는데, 마음 열린 선지식이 타는 가뭄처럼 메말라가는 것일까? 왜 선사는 많으나 선지식이 없는 것일까?

그 이유는 이러하다. 짜여진 시간표에 의해, 정해진 공간에서 죽비소리에 길들여지고 있기 때문이다. 신참스님과 구참스님이 어우러져 타성에 젖어 혁신적인 수행법을 찾아 나서지 않기 때문이다. 과감하게 형식의 안주(安住)에서 벗어나 틀을 깨부수는 격외(格外)의 수행법을 스스로 찾아나서야 한다. 오로지 간절심 하나로 시간과 공간을 초월해 형식과 틀에서 자유로워야 한다. 예전 당송(唐宋)의 선지식들은 죽비소리에서 자유로워졌을 때 깨달음의 순간을 스스로 완성해갔다. 알 껍질을 깨야 새 생명이 탄생하는 것이다. 선지식 출현 소식이 이곳저곳에서 들릴 수 있게 격외의 활발발(活潑潑)한 모습을 보고 싶다.

난센스는
이제 그만

부처님의 가르침은 경전 속에만 담겨 있을 뿐 살아 움직이는 일상생활에서 멀어지고 있다. 부처님의 진리는 열려 있으나 사찰은 닫혀 있다. 법당 문은 열려 있으나 승려의 의식 구조는 막혀 있다.

　한국불교는 좌불 신앙이 뿌리가 깊어서인지 변화를 두려워하며 받는 불교에 익숙해져 있다. 육바라밀의 으뜸 덕목인 보시(布施)에 있어서도 승려는 베푸는 일에 매우 인색하다. 초청법회에 초대되는 스님일 경우 연륜과 수행력도 화려할 터인데, 법회가 끝난 후 주최 측에서 내미는 돈이 든 봉투를 꼬박꼬박 챙겨가는 모습도 당연히 달라져야 한다. 법석의 자리를 마련해주고 부처님의 가르침을 펼 수 있는 기회를 마련해 준 인연에 고맙고 감사해야 할 터인데, 돈 봉투를 챙겨간다니 부끄러운 일이 아닐 수 없다.

　스님이 재보시(財布施)는 못하더라도 법보시(法布施)는 당연한 몫이고 의무일 터인데, 한 시간 남짓 법문하고 돈 봉투를 챙겨 간다니 법보시 실현할 날이 언제일지 묻고 싶다. 제발 먹여 살릴 부양가족이 없는 스님들이 가난하게, 검소하게, 깨끗하게, 당당하게, 진솔하게 정진하는 기본자세를 잃지 않으며 상식이 통할 수 있게 개운한 모습을 보여주길 바랄 뿐이다.

한국불교에서 가장 달라져야 하는 것은 출가 집단인 스님이다. 극단적인 표현일 수 있으나 승려 생활이 직업화되어 가는 느낌도 날이 갈수록 그 둘레를 넓혀가는 현실과 마주하고 있기 때문이다.

신도들의 주머니는 비어 있으나 주지스님의 주머니는 채워져 있다면 이것은 난센스의 희극이다. 불교단체나 모임은 배가 고플 만큼 빈약하다. 불교 신도는 매년 줄어들고 있는 게 현실이다. 신앙과 종교 의식이 돈 거래로 흥정의 대상이 될 수 없다.

불교에서 말하는 삼보(三寶)는 불(佛)·법(法)·승(僧) 이다. 이는 자유[佛]와 평등[法], 평화[僧]를 의미한다. 꾸밈과 조작, 집착을 벗어버린 자연인의 삶이 자유인의 세계다. 있으면 있는 대로 드러내지 않고 없으면 없는 대로 헐떡이지 않으며, 하나를 보여도 열을 보이는 것이요 열을 보여도 하나를 감추지 않는 것이다. 비우면 편안하다. 버리면 개운하다. 나누면 기쁘다. 이 평범한 일상의 즐거움으로 비우고 버리며 개운하게 나누는 삶을 실천해야 한다.

참된 승려의
길

승려가 되기 위해 처음 생각을 굳힐 때는 누구든 크고 작은 장벽의 괴로움에 여러 차례 뜬눈 여행을 겪었을 터이다. 부처님의 경전을 배우며 환희심으로 발심하는 사람도 있고 모태 신앙의 영향으로 막연하게나마 승려의 꿈을 키운 사람도 있을 것이다. 또한 현실적인 벽에 부딪쳐 절망의 처지에서 문을 두드리는 자도 끼어 있을 터이고 사랑과 이별 또는 건강 문제로 승려의 길을 찾아나선 사람도 있을 것이다. 석가모니의 사문유관(四門遊觀)처럼 무상함과 괴로움 허무의 그림자를 해결하기 위해 진리의 바다를 찾아 몸을 던지는 심정으로 찾아온 절박함도 있을 터이다.

그렇게 다양한 처지의 발심자들이 승려가 된 후 8할, 9할은 승려의 바른길을 가고 있으나, 소수의 방랑자는 승려를 직업으로 선택한 것처럼 사찰 경제를 앞세워 덧셈법에 익숙해지는 것이다.

기본과 상식이 통할 수 있게 기본을 다지고 좋은 스승 착한 벗을 찾아 구도의 여정에 오름이 타당할 터인데도 현실과 타협하는 못난이의 길에 접어든 안타까운 승려도 쉽게 만날 수 있는 오늘이다.

승려는 승려다워야 한다. 출가 수행자라면 스님은 독신이어야 하고 독신 수행자는 헐떡임을 줄여 개운하게 정진에 매진해야 바른 수행자다. 승려의 길을 택할 때 그 선택의 정신을 살려 수행의 게으름, 생활의 방일과 방종에서 헤매지 말 일이다. 세월은 빠른 것이다. 이 빠른 세월 동안 자신에게 모질게 채찍질하며 구도자로서의 부끄러운 몸짓과 그림자를 남기지 않도록 깨달음을 향해 정진하고 또 정진할 일이다.

행자 시절의 발심이 깨달음에 이르는 버팀목이자 디딤돌이 될 수 있게 이탈한 궤도를 버리고 수행인의 자리로 되돌아와 깨달음을 위해 정진하고 또 정진하는 오늘의 주인공이 되길, 부디 바른 수행인이 되길 바란다. 버린 자는 얻는다. 비워내면 가득하다. 나누면 평등하다.

빈 못의
따오기처럼

보편타당한 상식이 통하지 않는 일도 있다. 터무니없는 주장이 있을 수 있고 고집과 집착으로 상식을 벗어나는 일이 생길 수 있기 때문이다.

비구승(比丘僧)은 독신 수행승을 말한다. 당연히 부양할 처자식이 없고 본인 이름으로 재산 따위가 따라다닐 일이 없을 터이다. 출가 이전에 상속받은 재산과 모아둔 돈이 있더라도, 출가와 동시에 사찰에 헌납하거나 사회단체에 기부하고 개운하게 수행자의 길에 들어서는 것이 타당한 일이겠다.

그런데 문제는 출가한 이후 비구승의 신분으로 수행해오며 재산이 생기고 돈의 부피가 늘어난 사람도 있다는 서글픈 현실이다. 하여, 조계종 소속의 사찰 주지의 품신 서류에는 본인 명의의 동산과 부동산 등의 일체 재산을 조계종단에 귀속시키고 사후(死

後)에도 민형사상 종단 재산임을 확인한다는 본인의 친필 사인이 담기도록 되어 있다.

참으로 슬픈 일이다. 출가 수행승의 개인 재산이 있을 수 있으며 부동산 따위가 그림자처럼 따라다닐 수 있겠는가? 신도들을 구름처럼 몰고 다니며 사찰을 짓고 포교당을 세운 능력 있는 스님이 있다고 하자. 그 스님이 짓고 세운 사찰과 포교당은 당연히 소속 종단인 조계종의 재산으로 등록되어야 하고 남은 돈이 얼마이든 그 돈은 개인 통장이 아닌 공금을 관리하는 통장에서 관리되어야 하며 그 내용을 신도들에게 밝혀야 한다.

설령, 어느 신도가 있어 개인적으로 재산을 주지스님에게 개인 용도로 주었을 경우에도 양심의 저울에서 벗어나지 않을 만큼만 사용하고 남은 동산과 부동산은 종단에 등록된 사찰 재산으로 공금으로 관리되어야 한다. 불교계에 대해 승단에 대해 신도들의 실망이 커지고 기대가 줄어든다면 끝내는 물이 없는 빈 못이 될 터이다. 빈 못을 속절없이 지키는 따오기의 처량함이 언제 날아들지 모를 일이다.

열린 불교
닫힌 사찰

임제 스님이 황벽 선사를 모시고 정진하는 처소에 목주 스님이 함께 있었다. 목주 스님은 후배인 임제 스님의 법기(法器)를 알아차리고 조실인 황벽 선사의 방에 들어가 무엇이 불법(佛法)의 정확한 뜻이냐고 물으라 한다. 목주 스님이 시키는 대로 임제 스님이 황벽 선사를 찾아가 무엇이 불법의 정확한 뜻이냐고 묻자마자 황벽 선사는 임제 스님을 후려치는 것이었다. 목주 스님의 권유로 세 차례나 묻고 세 차례나 스승에게서 얻어맞은 임제 스님은 선배인 목주 스님에게 하소연하듯 작별 인사를 고하게 된다.

"스님의 자비로 큰스님께 세 번 가서 물었으나 세 번을 다 얻어맞았습니다. 저는 업장이 두터워 깊은 뜻을 깨닫지 못함을 스스로 한탄하고 이제 이곳을 떠나야겠습니다."

목주 스님이 임제 스님의 말을 듣고 마지막으로 스승인 황벽 선사께 하직 인사나 드리고 떠나라고 이른 뒤 임제 스님보다 먼저 황벽 선사를 찾아가 다음과 같이 말하였다.

"세 차례 스님께 법을 묻던 후배가 법기를 갖추고 있습니다. 만약 와서 하직 인사를 드리거든 방편으로 이끌어주십시오. 정진해서 뒷날 큰 나무가 되어 천하 사람들에게 시원한 그늘을 드리울 것입니다."

임제 스님이 하직 인사를 황벽 선사에게 드리자 스승이 말하였다.

"다른 곳으로 가지 말고 고안 여울가의 대우 스님을 찾아뵙도록 하라. 너에게 반드시 무어라고 말해줄 것이다."

하여, 임제 스님이 대우 선사를 찾아뵙자 대우 스님이 대뜸 물었다.

"어디서 왔느냐?"

"황벽 스님 휘하에서 왔습니다."

"황벽 스님이 무슨 말을 하던가?"

"제가 세 번 불법의 긴요한 뜻을 묻다가 세 번이나 얻어맞았는데 저에게 허물이 있는 건지 잘 모르겠습니다."

"황벽 스님이 그토록 간절한 노파심으로 너 때문에 수고하셨는데, 다시 여기까지 와서 허물이 있고 없고를 묻는 거냐?"

대우 선사의 이 말을 듣고 임제 스님은 언하(言下)에 대오(大悟)를 이룬 뒤 말하였다.

"황벽 스님의 불법이 원래 별것 아니군요."

대우 선사는 임제 스님의 멱살을 움켜쥐고 말하였다.

"이 오줌싸개야? 아까는 허물이 있느니 없느니 하더니, 이제 와서는 황벽의 불법이 별 것 아니라고 말하는데 너는 무슨 도리를 보았느냐? 빨리 말해 보라. 빨리 말해!"

임제 스님이 대우 선사의 옆구리를 세 번 주먹으로 쥐어박자, 대우 선사는 임제 스님을 밀어젖히면서 말하였다.

"너의 스승은 황벽이다. 나와는 상관없다."

인용문이 길어졌으나 여러 가지 아름다움이 깃들어 있어 원문 내용 그대로를 옮긴 것이다.

후배의 법기를 알아차린 선배의 안목과 배려, 제자를 다른 스승에게 보내는 열려 있는 지혜, 깨달은 제자를 본래의 스승에게로 돌려보내는 아름다움. 한국불교계에서는 쉽게 만날 수 없는 아름다운 일화가 아닐 수 없다.

그렇다면 왜 한국불교계에서는 이런 아름다운 일화를 만날 수 없는 것일까? 답은 간단하다. 불교는 열린 종교이나 한국 사찰은 굳게 닫혀 있기 때문이다. 부처님의 진리는 열려 있으나 승려들의 사고는 한없이 막혀 있기 때문이다. 한국의 선불교에는 스승다운 스승이 방장이나 조실을 맡아 후학을 지도하는 게 아니라, 문중 중심의 서열 다툼으로 자리 차지에 머물고 있기 때문이다.

어느 대학이 있다고 하자. 그 대학 출신이 아니면 교수를 할 수도 없고 교직원도 될 수 없으며 학과장, 학장, 총장 또는 이사나

원장이 될 수 없다고 하자. 그런 대학이 지구촌에 존재할 수 있을까? 존재할 수도 존재하지도 않는다. 그런데 그런 곳이 존재한다. 그것도 불교의 대표종단인 조계종의 큰 사찰에 버젓이 존재한다. 그 사찰의 출신 승려가 아니면 승가대학의 총장, 율원장, 선원장도 될 수 없다. 주지며 조실이며 방장 또한 될 수 없다.

문중(門中)이라는 이름의 튼튼한 뿌리가 해방 이후 조계종단에는 흔들림 없이 그 세력을 키워왔다. '자비문중' 하면 불교 종단을 떠올릴 만큼 불교는 트인 종교요, 열린 종교요, 벽이 없는 종교이다. 거기다가 세속의 애착도 저버리고 부모와 형제의 정마저 멀리하고 떠난 스님들이다. 그런데 그런 분들이 출가 이후 문중의 그늘에 안주한다. 파벌 비슷하게 말뚝을 박고 울타리를 겹겹이 친다. 하여 우리 절 우리 스님으로 끼리끼리 세력을 굳히려 한다면 지극히 세속적인 희극이 아닐 수 없다. 선원의 수행이 경력으로 남아 이력서에까지 따라다닐 정도면 이것은 간절심과는 거리가 먼 제도권의 장엄물이 될 수밖에 없는 것이다.

이는 불교의 육화(六和) 정신과 원효의 화쟁(和爭) 사상에도 어긋나는 행위이다. 불교는 열려 있으나 사찰은 닫혀 있다. 부처님은 진리의 상징으로 큰 스승이 분명하나, 종단의 승려들은 졸아든 모습으로 나날이 세속화되어가고 있다.

물론 종단에는 스승으로 만인이 모실 만한 선지식도 많고 문중에 자유로운 수행승도 많은 게 사실이다. 종단의 미래를 염려하여 개혁의 목소리를 높이는 실천하는 승려들도 숱하게 많이 널려 있다. 그러긴 하나, 문중사찰의 보호 담장이 너무도 견고하고 철옹성처럼 튼튼하다. 제발 문중을 보호하는 빗장이 하루 속히 열리기를. 그리하여, 내 절 네 절 가리지 말고 열린 교육으로 인재를 육성해 부처님의 가르침에 부끄러움 없는 그런 종단, 그런 사찰이 되었으면 한다.

스님은
무당의 사촌이 아니다

부처는 깨달은 사람을 의미한다. 그러므로 불교는 진리를 깨달은 부처님의 가르침을 실천하는 종교임이 분명하다. 그런데 한국불교의 현주소는 부처님의 가르침보다는 의식(儀式) 불교로 크게 기울고 있다. 스님들의 설법 내용은 경전 중심이어야 한다. 사찰의 법당은 무당의 불당과는 다른 것이다. 법당에서는 향내 나는 설법이 끊임없이 울려 퍼져야 한다.

그런데도 한국불교의 스님들은 세계 17개국 불교를 신행하는 나라 중 목탁 치는 챔피언 자리를 굳건히 지켜오고 있다. 불교에는 구원을 약속해주는 메시아가 없다. 깨달음에 이르게 하는 가르침이 있을 뿐이다.

부처님은 스승이요, 불교도들은 그의 제자일 뿐이다. 불교에는 섬겨야 할 신이 없는데도 사찰의 현주소를 들여다보면 섬겨야 할 신도 많고, 영험 있는 불보살도 부지기수로 널려 있다.

종교 신앙은 크게 두 종류로 분류할 수 있다. 하나는 '일체유신조(一切唯神造)'의 종교요, 또 하나는 '일체유심조(一切唯心造)'의 종교이다. 불교는 깨달음을 추구하는 종교이므로 '일체유심조'이다.

그런데 스님들이 신과 인간 사이를 연결해 주는 메신저일 수 없고, 길흉화복을 해결하는 구세주일 수 없는 것이다. 목탁 치는 농도에 따라 액운이 소멸되고 소원이 이루어질 수 없는 것이다. 더욱이 돈에 의해 목탁 치는 시간이 짧고 길어진다면, 이것은 순수 신앙이 아닌 거래 신앙으로써 막 내려야 할 연극이다.

한국불교는 돈 받고 대신 목탁 치며 기도하는 신(神) 불교가 아니어야 한다. 떳떳하고 당당하게 열린 진리의 세계로, 부처님 가르침 중심의 불교로 되돌아와야 한다. 불교에는 구원을 약속해주는 메시아가 없다. 불교에는 깨달은 사람, 부처의 가르침만이 있는 것이다.

삭발염의한 스님들이 액운을 소멸해주는 주술사, 해결사, 노릇을 하는 꼴은 궤도를 벗어난 부끄러운 몸짓이다. 사라져야 할 떳떳치 못한 또 하나의 이탈 행위이다. 사주풀이를 앞세우며 운명론 방향으로 기울게 하는 타력 신앙에 뼈아픈 반성과 자성이 둘레를 넓혀가야 한다.

바른 불교와 바른 신행이 공감대를 넓혀 누구나 불자임을 떳떳하고 당당하게 밝힐 수 있도록 해야 하며, 스님을 무당의 사촌쯤으로 받아들이는 풍토는 사라져야 한다. 이제는 과감하게 의식 중심의 불교에서 부처님의 가르침 중심으로 깨달음에 이르는 길을 펼칠 때이다. 다른 종교의 가르침이 연못이라면 불경 속의 가르침은 바다인 것이다. 팔만사천대장경이 의미하듯 불교의 경전은 방대하다.

이 넓고 깊은 진리의 바다에서 옷깃 한 올이라도 적셔 짠맛의 배움을 익혀야 한다. 수행하지 않고 공부하지 않고 염불 배우고 목탁 치는 요령만 익혀 밥벌이를 나서는 직업 승려는 마땅히 하루속히 사라져야 한다. 승려는 승려다워야 승려일 수 있다. 무당을 닮아가는 신앙을 흥정하는 작태는 또 하나의 속임수이며 신앙을 어지럽히는 행위인 것이다. 신도를 먹이로 삼거나 자신의 주머니 채우는 일에 이제 마침표를 찍을 때이다.

거짓
깨달음

불교는 깨달음의 종교이다. 깨달음은 참사람의 완성을 의미한다. 자유와 평화, 행복인이 되는 것이다. 하여, 깨달은 사람은 생각의 윤회에서 자유로운 것이다. 의혹됨이 없고 걸림이 없으며 속이지도 속지도 않는 사람다운 사람이다. 없으면 없는 대로 꾸미지 않고 있으면 있는 대로 드러내지 않는다. 낮과 밤이 한결같아 숨기거나 감추지 않으며 드러난 진리와 한몸을 이루는 것이다. 오고 감이 분명하나 집착하지 않고 있고 없음을 헤아리나 분별심에 머물지 않는다.

범부와 성인(聖人)이 둘이 아니나 차별이 없음이요 삶과 죽음이 어우러져 진솔함을 벗어나지 않는다. 말과 행동에 꾸밈이 없어 누구에게나 좋은 스승이요 희로애락을 굴릴 줄 알아 누구에게나 착한 벗이자, 상식이 통하는 이웃이요 원칙이 지켜지는 동네 친구이다.

눈물이 있어 마음 나누는 형제자매이고 웃음이 있어 가슴을 덥혀주는 마음 편한 동무이다. 꾸미지 않는 자연이요 머묾이 없는 바람이다. 따지며 계산하지 않고 흉보며 멀리하지 않는다. 변명으로 드러내지 않고 디딤돌로 돋보이려 키를 키우지 않는다. 감투와 명예를 멀리하고 조직과 편 가르는 일에도 졸업한 지 오래이다.

하여, 모으고 챙기며 쌓아두려는 사람은 수행인이 아닌 엄덩이 중생이요, 명분과 실리(實利)를 앞세워 조직 관리하는 사람은 수행인이 아닌 머저리 등신의 무리이다. 소위, 자칭 깨달았다는 사람들이 돈과 명예, 감투를 구걸하듯 세력을 넓히는 부끄러운 짓을 자주 보게 되는데 이는 자신도 속이고 남도 속이는 얼굴 두터운 흑암(黑暗)의 무리이다.

깨닫기 이전과 깨달은 이후가 달라진 것이 있다면, 꾸미는 법문 내용과 위세를 떨치며 신도 늘리는 계산된 언행으로 수입을 키우고 명예를 높이는 일일 터. 자유는커녕 돋보이려는 꾸밈과 허세를 생활화하며 신도들로부터 거둬들인 돈으로 큰 사찰에 대중공양을 앞세우며 구걸하듯 동조 세력을 넓히는 것이 깨달은 자의 자유인지 되묻지 않을 수 없다.

비구는 걸사이다. 비구가 몸에 걸치는 가사는 원래 분소의(糞掃衣)에서 출발한다. 출가 이전의 생활과 견주어 출가 이후의 생활이 여러 가지 의미에서 넘쳐나는 물질적 풍요는 없는지 살피고 또 살필 일이다. 또한 깨닫기 이전의 구도자의 청빈한 생활과 깨달은

이후의 흥청망청 넘치는 풍요는 어디에서 비롯되었는지 살피고
또 살필 일이다.

　　궤도를 이탈한 행위 자체에도 회초리를 맞을 일이지만, 겨우
실눈을 뜨고 확철대오한 개안종사(開眼宗師)인 양 자신도 속이고
남도 속이는 나날의 죄업이 죽음 문턱에 이르러 뼈를 녹이는 고통
으로 다가올 터이다.

　　수행승은 진솔하고 순수해야 한다. 깨달음을 향해 게으름 없
이 꾸준히 노력하고 가난과 검소함이 생활화되어야 한다. 부처님
의 가르침 중심으로 말과 행동을 길들이며 거짓과 꾸밈을 멀리해
야 한다.

　　수행승은 진제불교(眞諦佛敎)에서 벗어나는 일이 없도록 자가
점검을 소홀히 해서는 안 될 터이다. 목탁불교, 치마불교, 재문화
불교로 신앙을 거래하는 듯한 부끄러운 풍토에 안주해서는 안 된
다. 수행자라면 법과 원칙에 어긋남이 없도록 꾸준한 탁마와 열림
을 스승으로 삼아야 한다.

　　수행승은 수행승다워야 수행승이다. 있으면 있는 대로 감사
할 줄 알고 없으면 없는 대로 꾸밈이 없이 진솔하게 받아들이며 고
마운 마음으로 살아야 한다. 출가할 때 순수했던 초발심으로 드러
내거나 돋보이려 꾸미지 말고, 한 서너 걸음 뒤로 물러나 내가 아
니면 안 된다는 헐떡임에서 제발 자유인으로 살 일이다.

　　분주하게 조직을 키워가거나 세력을 넓히는 일은 수행승의
자세가 아니다. 깨달음은 참사람이요 행복과 자유를 완성하는 것

이다. 거짓 깨달음으로 엉덩이 중생이 되지 않기 위해 살피고 또 살필 일이다.

스님
공식

부처님이 열반에 드실 때 마지막으로 남긴 말씀이 "게으름 없이 정진하라"였다. "진리의 등불로 스승을 삼고, 마음의 등불로 스승을 삼으라"는 말씀과 함께.

수행승들에게 있어 게으름은 분명 병이다. 수행승일수록 부지런해야 한다. 잠을 멀리하고 일찍 일어나야 하며 일상생활에 있어서도 주어진 소임에 충실해야 한다. 하루 일하지 않으면 하루 먹지 않는 정신이 승가 본연의 갖추어야 할 덕목이다.

몸만 부지런히 움직이는 게 아니다. 마음속의 번뇌 타작을 위해 끊임없이 털고 쓸어내야 한다. 신발도 바르게 벗어놓아야 하고, 밥그릇도 말끔히 씻어 먹어야 하며 앉아 있을 때나 걸어 다닐 때나 생각을 모아 간절심을 잃지 말아야 한다.

그런데 요즘에 보면 이상야릇한 부끄러운 풍토가 자리매김해 그 둘레를 넓혀가는 느낌이다. 큰 사찰이든 작은 사찰이든 도심 속의 포교당이던 주지 직책을 맡게 되면 끼니 때마다 독상 차지가 정례화되어 있다. 승복에서 속내의 양말에 이르기까지 공양주나 신도들이 빨아주고 다려준다. 거디가가 법당 청소도 신도 몫이다. 도량 청소는 부목처사 담당이다.

신도들이 사찰에 와서 주지스님께 큰절을 올려도 주지스님은 고개나 손만 까닥하거나 앉아서 큰절을 받는다. 신도는 나이가 많든 적든 주지스님을 만나면 큰절을 올려야 하고, 주지스님은 늙든 젊든 앉은 자세로 절을 받으면 그만이다.

어디 그뿐이랴. 승려 된 게 그리고 주지 소임을 맡고 있는 게 뭐 그리 대단하다고 대개는 반말을 즐겨 쓴다. 웃기는 풍경이 배워 먹지 못한 작태가 주지라는 허명(虛名)에 가려 당연시하며 일반화되어 가고 있다.

게으름은 마음가짐과 행동 자세에만 그치는 게 아니다. 간디의 아힘사(Ahimsa) 정신이 비폭력에만 한정된 게 아니듯이. 스님은 스님다워야 스님이다. 청소도 빨래도 그리고 공양주 보살을 수고스럽게 하지 말고 끼니 때마다 신도들하고 한 상에 둘러앉아 식사하는 주지스님을 보고 싶다. 게으름 없이 정진하라는 부처님 말씀을 다시 되새기면서.

집착의
노예

'비워라, 버려라, 놓아라', 일생을 오롯이 수행해온 노스님들이 즐겨 쓰는 말이다. 물론 다는 아니지만 정작 말씀의 당사자인 노스님들께서는 비우고 버리고 놓지 못한 채 주지의 선원장까지 겸직하고 있다. 구차스레 따지자면 주지는 행정의 '사판승(事判僧)'이요 선원장은 수행의 '이판승(理判僧)'이다. 그런데도 어찌된 영문인지 주지와 선원장을 겸직한 지 사반세기가 넘어도 끄떡없이 장기 집권을 누리는 경우가 엄존한다.

죄송한 표현이지만 그분들이 주지로 임명되고 선원장을 맡은 것은 그분들의 젊은 시절이었다. 이제 칠순을 넘겨 팔순을 바라다보는 노안(老顏)에는 저승꽃이라는 검버섯이 늘고 있는데도 후배에게 자리를 양보하는 미덕은 찾기 어렵다.

몸에 밴 겸손과 자비에는 마땅히 실천이 따라야 생명력이 있는 것이다. 머무는 모습보다 물러나는 모습이 더욱 개운하고 아름다운 것이다. 세간이든 출세간이든 집착이 모든 병을 키우는 원인이 된다. 비우고 버리며 놓는 법문이 구두선(口頭禪)이 되어서는 안 될 터이다. 나 아니면 안 된다는 우려는 아집에 뿌리를 내린 자기 방어적 치졸한 고집일 터이다. 다수 대중의 뜻으로 구실을 삼거나 핑계를 일삼는다면 더욱 당당하지도 떳떳하지도 못한 일이다. 쉴 때는 쉬고 물러날 때는 물러나는 것이 사람의 도리이자 수행자의 으뜸 덕목일 것이다.

들숨과 날숨이 이어지지 않는 순간까지 현직을 유지하며 자유스러운 모습을 보이지 못한다면 그는 진정한 의미의 수행자, 해탈자의 자유인은 아닐 터이다. 행여, 노파심에서 한마디 덧붙인다면 소위 수행승이라는 분들이 노후 대비라며 비상금을 챙겨 쌓아둔다면 그들은 속물근성에서도 자유롭지 못한 업덩이 중생일 게 뻔한 일이다. 노후 대책은 마땅히 수행력이 근본이 되어야 한다. 소유욕에서 자유롭도록 부단히 노력 정진하며 개운한 삶을 정진력으로 모아 실천해야 한다.

생일잔치

출가 수행자인 스님들이 해마다 꼬박꼬박 생일잔칫상을 받고 있다. 세속에서도 노인 인구가 늘어나면서 환갑잔치쯤은 사라진 지 오래이다. 그런데 스님들이 환갑, 칠순, 팔순의 잔칫상을 부끄럼없이 신도들로부터 거나하게 받고 있다. 받고 있는 것은 잔칫상뿐이 아니다. 축하금으로 신도들로부터 돈봉투까지 챙기는 현실이고 보면 입이 열 개라도 할 말을 잃을 세속화로 치닫는 부끄러운 모습이다.

진정 생일상을 받아야 할 사람은 그 스님의 세속에 계신 부모님이다. 본인이 생일에 대해 말하지 않고 생일 따위 챙김을 바라지 않고 당당히 거부한다면 해마다 생일상이 바퀴벌레처럼 기어나오는 일 없이 개운하게 사라질 것이다.

어쩌면 스님들은 너나없이 얼굴이 두터운 존재일지도 모른다. 받는 일에 길들여져 상식과 기본이 흔들리는지도 모를 일이다. 세속에서도 사라진 환갑잔치가 버젓이 사찰에서 치러지고 있고 신도들이 내민 봉투까지 챙기고 있는 현실이면 누구에게 물어봐도 부끄러운 일이 아니겠는가.

석가모니 부처님과 역대 조사스님들도 생일잔칫상을 받지 않았고 생일 챙겨줄 신도는 키우지 않았다. 지극히 당연한 도리가 이 땅의 불교계, 승가공동체에서도 사라져가야 함이 마땅하다.

수행자라면 생일 따위는 까마득히 잊고 해탈자가 되어 살 일이다. 체면치레 벗고 허울의 옷도 벗고 누굴 만나도 당당하고 넉넉할 수 있게 평화인, 자유인으로 살 일이다.

세속에서도 백세시대를 맞아 건너뛰는 환갑이며 칠순잔치를 출세간의 수행승들이 꼬박꼬박 챙기고 있다면 이 얼마나 비판받아야 할 풍경이겠는가. 수행자 본연의 자세로 되돌아가 생일상 없는 개운한 모습이면 오죽 좋으랴.

빈손으로 와서
빈손으로 떠나는

수행자는 본디 무소유의 삶이 기본 모토이다. 빈손으로 와서 빈손으로 떠나는 것, 무집착으로 시작해 무소유로 삶을 마무리하는 것이 수행승의 본분사(本分事)일 것이다.

그런데 요즘 보면 법랍(法臘)의 길이가 긴 노승일수록 장례 절차가 지극히 세속적이고 화려하다. 큰스님일 경우 대개가 5일장을 고집하게 되는데 이 또한 번거롭고 번잡한 부끄러운 전통이다. 꽃상여는 기본이고 꽃으로 화려하게 치장한 상여 앞에는 수많은 만장의 행렬이 이어지고 조의금을 접수하는 접수대까지 버젓이 얼굴을 내밀고 있음도 세속적이고 부끄러운 일이다.

과거 교통이 불편하고 사망을 알릴 통신 시설이 부족했던 시대에도 사람이 죽으면 3일장인데 출가 수행승이 5일장을 벌리며 조의금 접수대까지 등장시키는 모습은 사라져야 할 번거로움이다. 독신 수행자답게 상여도 없이 관도 없이 가사와 장삼으로 둘둘 말아 화장터의 불길로 사라지게 함이 개운하고 떳떳한 마침표일 것이다.

또한 스님이 죽으면 49재에 이르는 과정도 복잡하다. 일주일마다 이 절 저 절 옮겨 다니며 재를 지내는 세속적인 번거로움을 더해주고 있다. 49재의 의미는 자식들의 못다한 효(孝)를 되살리고 부처님의 가르침을 다시 되뇌어 영가(靈駕)의 왕생극락을 염원하는 데 있다.

그런데 아들딸 없는 독신승이라면 떠나는 자리도 조용하고 개운해야 한다. 일생을 신도들의 시주물로 살아왔을 터인데 죽어서까지 이 절 저 절로 옮겨 다니며 일주일마다 치러지는 49재 의식은 마땅히 사라져야 할 부끄러운 그림자다. 상여도 만장도 위폐도 불교가 아닌 유교 문화이다.

여기서 다른 나라의 장례 풍습을 한번 살펴보자. 일단 인도에는 상여 문화가 없다. 관도 없고 만장도 없다. 죽은 사람을 옷(사리)으로 말아 장대에 끼워 둘이나 넷이 어깨에 메고 화장터로 간다. 인도 바라나시 갠지스강 강가에서는 새벽 시간에 어린아이의 시체를 긴 천에 담아 엄마 아빠가 앞뒤로 서서 들고 와 강물을 향해 던진다. 팔뚝만 한 고기떼들이 아기 시체로 몰려드는 것을 지켜보면서 부모는 합장하며 기도할 뿐이다. 인도의 타르사막 같은 곳에서는 화장할 나무도 강물도 없어 죽은 사람을 사막의 공동묘지에 옷 입은 그대로 버려두고 떠난다. 시체를 처리하는 생쥐 떼들이 시체의 옷 속에서 분주히 움직이는 모습을 캐멀 사파리 중에 누구나 보게 된다.

티베트에서는 죽은 사람을 앉은 자세로 자루에 넣어 소등에 묶어 사찰 부근의 천장터로 향한다. 천장터에서 자루 속의 시체는 작두칼에 육신이 나뉘어져 독수리의 먹이가 되는 것이다. 중국의 운남성에는 바위 절벽에 시체를 매달아 바람과 날짐승에 의해 백골만 남기는 소수민족도 있다.

몽골에서는 죽은 사람을 비스듬히 기울인 마차에 싣고 달리다가 시체가 굴러서 떨어진 곳에 봉분 없이 평장을 한다. 사자(死者)가 택한 길지(吉地)라는 것이다. 말과 소, 염소들에게 평장에서 자라난 풀을 보시하는 의미이다. 몽골의 일부 지역에서는 죽은 시체를 마당의 키 큰 나뭇가지에 묶어두기도 한다. 새와 다람쥐 등의 먹이로 보시하기 위해서다. 네팔에서는 인도처럼 화장 문화가 앞서가고 있으나 강 주변의 주민들은 시체를 강물 깊은 곳에 수장해 물고기에게 시체를 보시하는 곳이 많다.

이렇듯 자연의 순리에 맡기는 모습이 처연하면서도 교훈적이다. 이 땅의 불교계 고승들의 장례 절차도 상여나 관, 만장 없이 간소하게 수행승다운 마무리를 바랄 뿐이다. 살아서도 죽어서도 부끄럽지 않은 해탈자의 무소유, 무집착이 무슨 의미인지 보여주어야 할 때이다.

우리 땅에 맞는
우리의 목소리

인도의 불교가 중국에 와서 불학(佛學)이 된다. 논리적으로 체계적으로 다양한 논서(論書)로 확대되었기 때문이다.

독일의 마르크스 사상이 중국에 흘러들면서 마오이즘(Maoism)으로 중국화 되는 과정과 같은 이치이다. 사상과 철학, 요즘에 이르러 국제적 상거래마저 중국 특유의 흡수력으로 상표의 고유 명칭마저 중국에 오면 힘을 잃고 중국 표기의 발음 기호로 불리게 되는 것이다. 그러나 여기서 지적하고자 하는 것은 인도의 불교가 중국에 와서 불학이 된 이후 한국불교계의 중국 불학에 의존하는 다변성의 획일화에 대해서다.

중국에서 만들어진 경전이 그 대표적인 예인데 헤아리기 벅찰 만큼 그 숫자가 많다. 『지장경』, 『정토경』, 『시왕경』, 『보살경』, 『업보경』, 『천지팔양경』 등이 중국에서 만들어진 위경(僞經) 목록에 끼어 있다. 한국불교에 널리 알려진 부처님과 가섭 존자와의 삼처전심(三處傳心)의 일화도 중국에서 만들어진『대법천왕문불결의경』에 박혀 있는 중국산 이야기일 뿐이다.

뿐만 아니라 부처님에서 중국의 혜능 선사에까지 이어져오는 33조사 설도 중국의 토양에서 시대와 연대까지 무시하며 그럴듯하게 꾸며진 짜맞춤식 억지 계보인 것이다.

또한 선어록집에 담긴 선사들의 가르침과 일화에도 후대에 수집하고 집필한 사람에 따라 친소의 끌어당김과 버림 현상이 현저히 드러나는 오류를 범해 왔던 것이다.

그 단적인 증거로 오조 법연 선사계는 사그라들 만큼 자취를 찾기 어렵고 육조 혜능 선사계는 눈부실 만큼 찬란하게 그들의 가르침을 돋보이게 기록했던 것이다. 어록의 집필자에 의해 조망권을 달리하는 빛과 어둠이었기 때문이다. 또한 선어록의 백미로 꼽히는『벽암록』에도 인도의 승려가 요술을 부리는 듯한, 전혀 선미(禪味)를 느낄 수 없는 선문(禪門) 밖의 일화도 서너 개 끼어 있어『벽암록』의 티가 되고 있다.

한국불교에서는 언제부터인지 왜인지는 모를 일이나 선사가 법상에 오른 후 토해내는 말씀들은 중국 선사들이 주고받은 색 바랜 언어로 춤을 추는 현실이다.

초식 동물들이 흔히 되새김질을 즐긴다는데 한국의 선사들은 이제 제발 중국 선사들의 말투나 뒤따르듯 흉내 내는 되새김질을 마감하길 바랄 뿐이다.

인도의 불교가 중국에 와서 불학이 되었듯이, 중국의 불교도 한국에 와서 한국의 문화와 토양에 맞게 한국인의 색깔과 목소리로 그 공감대의 둘레를 넓혀야 하기 때문이다.

그렇다면 선원에서도 간화선 제일주의에서 몇 걸음 더 나가 한국 토양에 뿌리를 내릴 수 있는 화두 정진이 이루어져야 한다. 조사어록을 살펴보면 야사(野史)와 속어(俗語) 등 당시에 유행하던 속담까지 끼어 있음을 보게 된다.

그러므로 중국인만이 느낄 수 있고 알아차리고 의심덩어리로 확대되는 1,700개의 공안(公案)은 한국인에게는 생소하게 굼뜬 울림으로 다가올 수 있기 때문이다. 예를 들어 미국의 코미디가 미국인은 웃길 수 있으나 한국인은 더디게 웃기거나 반응이 신통하지 않을 수 있기 때문이다. 반대로 한국의 개그맨이 한국인은 웃길 수 있으나 중국인은 웃길 수 없는 서늘한 반응을 불러올 수도 있을 터이다.

그렇다면 중국의 당나라, 송나라 때 만들어진 선사들의 어록이 천 년의 세월 간격을 넘어 한국의 수행자들에게 금과옥조(金科玉條)가 될 수 있겠는가?

간화선 수행의 생명력은 간절심으로 모아지는 화두 정진인데 글쎄 천 년 전 당송시대에 느꼈던 의심덩어리가 오늘날까지 국적도 다른 한국인에게 큰 울림이 될 수 있을까?

언어의 발달 과정을 살펴보면, 한 세대로 규정짓는 30년 간격으로 조금씩 변화해간다는 것이 언어학계의 정설이다. 임진왜란 때는 아내와 남편이 서로를 부를 때 '자네'라고 호칭했다. 가까운 예로 50년 전에는 부부의 호칭이 '임자'와 '당신'으로, 40년 전엔 '여보'로 통일되었고, 30년 전에는 '자기'로, 20년 전부터 서로의 이름을 편히 부르는 단계로 변화해왔던 것이다.

그런데 신기하고 신비롭게도 불교계의 변화는 더디기만 한 것이다. 한글세대의 청중 앞에서 한문으로 된 게송을 즐겨 읊거나 불교계의 신문에 실린 고승들의 법어(法語) 내용도 중국의 선사들 어록의 되새김질에 그치는 경우가 수두룩하기 때문이다. 우리의 언어, 우리의 색깔이 담긴 우리 목소리의 설법이 그리워지는 오늘이다.

산새 한 마리
바람결에 날려와

뱃종뱃종 배뱃종
몇 소리 울음만 남기고

날아간 적막 산기슭
별빛으로 떠 있다.

– 향봉 스님의 시, '무상(無常)' 전문

산골 노승의 푸른 목소리

© 향봉, 2023

2023년 8월 3일 초판 1쇄 발행
2023년 9월 22일 초판 4쇄 발행

지은이 향봉
발행인 박상근(至弘) • 편집인 류지호 • 편집이사 양동민
편집 김재호, 양민호, 김소영, 최호승, 하다해 • 디자인 쿠담디자인
제작 김명환 • 마케팅 김대현, 이선호 • 관리 윤정안 • 콘텐츠국 유권준, 정승채, 김희준
펴낸 곳 불광출판사 (03169) 서울시 종로구 사직로10길 17 인왕빌딩 301호
　　　 대표전화 02) 420-3200 편집부 02) 420-3300 팩시밀리 02) 420-3400
　　　 출판등록 제300-2009-130호(1979. 10. 10.)

ISBN 979-11-92997-62-9 (03810)

값 17,000원